Más allá del olvido

Patrick Modiano

Más allá del olvido

Traducción de María Fasce

Más allá del olvido

Primera edición en México: diciembre 2014
Primera reimpresión: febrero de 2015

Título original: *Du plus loin de l'oubli*

D. R. © Éditions Gallimard, 1996
D. R. © De la traducción: María Fasce
D. R. © 1997, Aguilar, Altea, Taurus, Alfaguara S. A.

D. R. © 2014, De la edición española:
      Penguin Random House Grupo Editorial, S. A. U.
      Travessera de Gràcia, 47-49. 08021 Barcelona
      www.alfaguara.com

D. R. © 2014, Santillana Ediciones Generales, S.A de C.V., una empresa de
      Penguin Random House Grupo Editorial, S.A. de C.V.
      Blvd. Miguel de Cervantes Saavedra núm. 301, 1er piso,
      colonia Granada, delegación Miguel Hidalgo, C.P. 11520,
      México, D.F.

www.megustaleer.com.mx

D. R. © Diseño: Proyecto de Enric Satué
D. R. © Imagen de cubierta: Léon Herschtritt / LA COLLECTION

Comentarios sobre la edición y el contenido de este libro a:
megustaleer@penguinrandomhouse.com

ISBN 978-607-113-656-5

Impreso en México / *Printed in Mexico*

Para Peter Handke

Más allá del olvido...

STEFAN GEORGE

Ella era de estatura media, y él, Gérard van Bever, ligeramente más bajo. La tarde de nuestro primer encuentro, aquel invierno de hace treinta años, yo los había acompañado hasta un hotel del Quai de la Tournelle y luego me habían hecho pasar a su habitación. Dos camas, una cerca de la puerta, la otra bajo la ventana. La ventana no daba al muelle, creo que se trataba de una buhardilla.

Todo parecía estar en orden. Las camas estaban hechas. No había maletas ni ropa a la vista. Solo un gran reloj despertador, sobre una de las mesitas de noche. Y a pesar de aquel despertador, se hubiera dicho que vivían allí de manera clandestina y evitaban dejar rastros de su presencia. Por otra parte, aquella vez solo permanecimos un instante en la habitación, el tiempo justo para dejar en el suelo los libros de arte que me había cansado de cargar, y que no había conseguido vender en una librería de la Place Saint-Michel.

Y era precisamente en la Place Saint-Michel donde me habían abordado, al final de la tarde, en medio del río de gente que se sumergía en la boca del metro y de los que, en sentido inverso, se alejaban por el bulevar. Me habían preguntado dónde podían encontrar la oficina de correos más cercana. Temí que mis explicaciones fueran demasiado vagas, ya que nunca he sabido indicar el trayecto más corto de un punto a otro, razón por la que preferí guiarlos personalmente hasta la estafeta del Odéon. Por el camino, ella se detuvo en una tienda y compró tres sellos. Los pegó en el dorso del sobre, de modo que tuve tiempo de leer: Mallorca.

Deslizó la carta a través de la ranura de uno de los buzones sin verificar si era el indicado para las cartas al extranjero. Luego dimos la vuelta hacia la Place Saint-Michel y los muelles. Parecía preocupada al verme llevar los libros, porque debían de «pesar mucho». Entonces le dijo a Gérard van Bever con una voz seca:

—Podrías ayudarlo.

Él me sonrió y se puso bajo el brazo uno de los libros, el más grande.

En la habitación del Quai de la Tournelle deposité los libros en el suelo, junto a la mesilla sobre la que se encontraba el reloj despertador. No se oía el tic-tac. Las agujas marcaban las tres. Una mancha en la almohada. Al inclinarme para dejar los libros en el suelo había percibido un olor a éter proveniente de la almohada y la cama. Su brazo me había rozado al encender la lámpara.

Cenamos en uno de los cafés del muelle, junto al hotel. Solo pedimos el plato principal del menú. Van Bever pagó la cuenta. Yo no llevaba dinero aquella noche y Van Bever creía que le faltaban cinco francos. Hurgó en los bolsillos de su abrigo y finalmente consiguió reunir la suma en pequeñas monedas. Ella lo dejaba hacer y lo miraba distraídamente mientras fumaba un cigarrillo. Nos había cedido su plato para que lo compartiéramos y se había contentado con probar algunos bocados del plato de Van Bever. Se volvió hacia mí y me dijo con su voz algo ronca:

—La próxima vez iremos a un verdadero restaurante...

Más tarde nos quedamos solos delante de la puerta del hotel mientras Van Bever subía a buscar mis libros a la habitación. Para romper el silencio le pregunté si vivían allí desde hacía mucho tiempo y si venían del interior del país o del extranjero. No, eran de los alrededores de París. Hacía dos meses que vivían allí. Fue todo lo que me dijo aquella noche. Y su nombre: Jacqueline.

Van Bever regresó con los libros. Quería saber si todavía intentaría venderlos al día siguiente y si ese tipo de negocio dejaba alguna ganancia. Me dijeron que podíamos volver a vernos. Y que, aunque iba a resultar difícil citarnos a una hora determinada, frecuentaban un café en la esquina de la Rue Dante.

He vuelto allí algunas veces en mis sueños. La otra noche, el sol de un atardecer de febrero me cegaba, caminando por la Rue Dante, y nada había cambiado después de todo este tiempo.

Me detenía delante de los ventanales y miraba a través del cristal la barra, el *flipper* y las pocas mesas dispuestas en círculo, como si rodearan una pista de baile.

Cuando llegué a la mitad de la calle, el gran edificio del Boulevard Saint-Germain proyectaba su sombra. Pero a mis espaldas la acera todavía estaba soleada.

Al despertar, el período de mi vida en el que conocí a Jacqueline se me presentó bajo el mismo contraste de luz y sombra. Calles descoloridas, invernales, y también el sol filtrándose a través de los postigos.

Gérard van Bever llevaba un abrigo de tweed que le quedaba demasiado grande. Aún puedo verlo en el café de la Rue Dante, de pie frente al *flipper*. Pero es Jacqueline la que juega. Sus brazos y su torso apenas se mueven mientras se suceden los restallidos y las señales luminosas del *flipper*. El abrigo de Van Bever era largo y le cubría las rodillas. Se mantenía muy erguido, con las solapas del cuello alzadas, las manos en los bolsillos. Jacqueline llevaba un jersey gris de ochos, de cuello alto, y una chaqueta de cuero liviana color marrón.

La primera vez que volvimos a vernos, en la Rue Dante, Jacqueline se giró, me sonrió y retomó su partida de *flipper*. Yo me senté a una de las mesas. Sus brazos y su torso me parecían gráciles frente a aquel aparato macizo cuyas sacudidas amenazaban con arrojarla lejos de un momento a otro. Ella se esforzaba por permanecer de pie, como si se hallara en la cubierta de un barco y corriera el riesgo de perder el equilibrio y caer. Se acercó para hacerme compañía y Van Bever la reemplazó en el *flipper*. Al principio me llamaba la atención que pasaran tanto tiempo frente a aquella máquina. Muchas veces era yo quien interrumpía la partida, que de lo contrario habría podido durar indefinidamente.

Después del mediodía el café permanecía prácticamente vacío, pero a partir de las seis de la tarde los clientes se amontonaban en la barra y en las mesas de la sala. Me llevaba cierto tiempo distinguir a Van Bever y a Jacqueline en medio del bullicio de las conversaciones, los restallidos del *flipper* y toda aquella gente apretujada. Primero reconocía el abrigo de tweed de Van Bever, y luego a Jacqueline. Muchas veces regresé sin haberlos encontrado, tras haber esperado largo rato sentado a una de las mesas. Pensaba entonces que nunca más volvería a verlos, que se habían perdido para siempre entre el gentío y la confusión. Hasta que un día allí estaban, al fondo de la sala desierta, uno junto al otro, frente a la máquina.

Apenas recuerdo otros detalles de aquel período de mi vida. He olvidado casi por completo el rostro de mis padres. Había vivido con ellos durante un tiempo, luego abandoné mis estudios y ganaba algún dinero con la venta de libros antiguos.

Poco después de conocer a Jacqueline y Van Bever me instalé en un hotel que estaba cerca del suyo, el hotel de Lima. Me puse un año de más en la fecha de nacimiento que figuraba en mi pasaporte, y obtuve de ese modo la mayoría de edad.

La semana anterior a mi llegada al hotel de Lima, como no tenía dónde dormir, Jacqueline y Van Bever me habían confiado la llave de su habitación mientras iban a uno de esos casinos de provincias que solían frecuentar.

Antes de nuestro encuentro habían visitado el casino de Enghien y otros dos o tres más en pequeños balnearios de Normandía. Luego se habían limitado a Dieppe, Forges-les-Eaux y Bagnoles-de-l'Orne. Partían el sábado y estaban de regreso el lunes con la suma obtenida, que nunca sobrepasaba los mil francos. Van Bever había encontrado una estrategia «en torno al cinco neutro» —como decía—, pero solo daba resultado si se jugaban sumas modestas.

Nunca los acompañé a aquellos sitios. Los esperaba hasta el lunes, sin abandonar el barrio. Al cabo de un tiempo, Van Bever iba a «Forges» —según su expresión— porque se encontraba a menor distancia que Bagnoles-de-l'Orne, mientras Jacqueline se quedaba en París.

En el transcurso de las noches en que estuve solo en aquella habitación siempre flotaba ese olor a éter. El frasco azul se hallaba sobre uno de los estantes del cuarto de baño. El armario contenía algunas prendas de vestir: una chaqueta, un pantalón, un sujetador y uno de aquellos jerséis grises de cuello alto que llevaba Jacqueline.

No dormí bien durante esas noches. Me despertaba sobresaltado. Solo después de un largo rato reconocía la habitación. Si me hubieran interrogado acerca de Van Bever y Jacqueline, me habría visto en aprietos para responder y justificar mi presencia en aquel cuarto. ¿Volverían? A fin de cuentas, no estaba seguro de ello. El tipo de la recepción del hotel me saludaba con un movimiento de cabeza, detrás del mostrador de madera oscura. No parecía inquietarle el hecho de que ocupara la habitación y me quedara con la llave.

La última noche me desperté a eso de las cinco y ya no pude volver a conciliar el sueño. Me hallaba probablemente en la cama de Jacqueline, y el tic-tac del despertador era tan intenso que quería guardarlo en el armario o esconderlo bajo la almohada. Pero tenía miedo del silencio. Entonces me levanté de la cama y salí del hotel. Caminé por el muelle hasta las rejas del Jardín Botánico, luego entré en el único café abierto a esas horas, frente a la estación de Austerlitz.

La semana anterior habían partido hacia el casino de Dieppe y habían regresado a primera hora de la mañana. Hoy ocurriría lo mismo. Una hora más de espera, dos horas... Los habitantes de las afueras, cada vez más numerosos, salían de la estación de Austerlitz, tomaban un café en la barra y se sumergían en la boca de metro. Aún no había amanecido. Yo bordeaba nuevamente las rejas del Jardín Botánico, luego las del antiguo mercado de vinos.

A lo lejos divisé sus siluetas. El abrigo de tweed de Van Bever era una mancha clara en la noche. Estaban sentados en un banco, del otro lado del muelle, frente a los puestos cerrados de los libreros. Acababan de llegar de Dieppe. Habían llamado a la puerta de la habitación, pero nadie había respondido. Pocos minutos antes yo había salido, llevándome la llave conmigo.

La primera vez que Van Bever partió con destino a Forges-les-Eaux y Jacqueline se quedó en París era, precisamente, uno de esos días de invierno. Atravesamos el Sena para acompañar a Van Bever hasta la estación de metro Pont-Marie, ya que debía tomar el tren en Saint-Lazare. Nos dijo que tal vez iría al casino de Dieppe y que quería ganar más dinero que de costumbre. Su abrigo de tweed desapareció en la boca de metro y nos quedamos solos, Jacqueline y yo.

Siempre la había visto en compañía de Van Bever y nunca habíamos tenido ocasión de conversar. Por otra parte, había veces en que apenas pronunciaba una palabra en toda la velada. O bien se limitaba a pedirle a Van Bever, en un tono seco, que fuera a comprarle cigarrillos, como si quisiera deshacerse de él. Y de mí. Pero poco a poco me había habituado a sus silencios y a su brusquedad.

Aquel día, en el momento en que Van Bever bajaba por las escaleras del metro, pensé que se arrepentía de no haber ido con él como de costumbre. Caminábamos por el Quai de l'Hôtel-de-Ville en vez de regresar a la margen izquierda. Ella guardaba silencio. Yo esperaba que me abandonase de un momento a otro. Pero no. Continuaba caminando a mi lado.

La bruma flotaba sobre el Sena y los muelles. Debía de estar helada dentro de su chaqueta de cuero demasiado liviana. Bordeábamos el Square de l'Archevêché, al final de la Île de la Cité, cuando sufrió un ataque de tos. Consiguió recuperar el aliento. Le dije que le haría bien beber algo caliente y entramos en el café de la Rue Dante.

Reinaba el habitual bullicio del mediodía. Dos siluetas estaban de pie delante del *flipper,* pero Jacqueline no tenía deseos de jugar. Pedí un ponche que bebió con una mueca de disgusto, como si tragara veneno. Le dije: «No debería usted salir a la calle con esa chaqueta». Cierta distancia que ella ponía entre los dos me impedía tutearla todavía.

Estábamos sentados a una mesa del fondo, cerca del *flipper.* Se inclinó hacia mí y me dijo que no había acompañado a Van Bever porque no se sentía muy bien. Hablaba en voz baja y acerqué mi cara a la suya. Nuestras frentes casi se rozaban. Me hizo una confidencia: cuando acabara el invierno pensaba abandonar París. ¿Para ir adónde?

—A Mallorca...

Recordé la carta que había echado al correo el día de nuestro primer encuentro. En el sobre yo había podido leer: Mallorca.

—Pero sería mejor si pudiéramos irnos mañana...

Súbitamente se puso pálida. Un cliente había apoyado un codo sobre nuestra mesa y proseguía la conversación con su acompañante, como si no nos viera. Jacqueline se había refugiado en el extremo del banco. Los restallidos del *flipper* me sobresaltaban.

Yo también soñaba con partir ahora que la nieve se había fundido sobre las aceras y llevaba mis viejos mocasines.

—¿Para qué esperar hasta el fin del invierno? —le pregunté.

Ella sonrió.

—Por lo pronto, necesitamos dinero.

Encendió un cigarrillo. Tosió. Fumaba demasiado. Y siempre los mismos cigarrillos, con ese olor insulso a tabaco rubio francés.

—No es precisamente de la venta de sus libros de donde sacaremos el dinero.

Me sentía feliz de que hubiera dicho «sacaremos», como si a partir de aquel momento estuviéramos unidos para siempre.

—Seguro que Gérard trae mucho dinero de Forges-les-Eaux y de Dieppe —le dije.

Se encogió de hombros.

—Llevamos ya seis meses jugando según su estrategia sin demasiada suerte.

Aquella estrategia «en torno al cinco neutro» no parecía convencerla.

—¿Hace mucho tiempo que conoce a Gérard?

—Sí... Nos conocimos en Athis-Mons, en las afueras de París.

Me miraba fijamente a los ojos, en silencio. Sin duda quería hacerme comprender que no había nada más que decir al respecto.

—Entonces ¿es usted de Athis-Mons?

—Sí.

Recordaba bien el nombre de esa ciudad, cerca de Ablon. Allí vivía uno de mis amigos. Tomábamos prestado el coche de sus padres e íbamos a Orly. Frecuentábamos el cine y uno de los bares del aeropuerto. Nos quedábamos hasta tarde, oyendo los anuncios de llegadas y partidas de vuelos a lejanos destinos, y deambulábamos por el hall central. Cuando mi amigo me llevaba de vuelta a París no tomábamos la autopista sino un desvío que pasaba por Villeneuve-le-Roi, Athis-Mons y otras localidades de la zona sur... En aquella época hubiera podido cruzarme con Jacqueline.

—¿Ha viajado mucho?

Se trataba de una de esas preguntas que sirven para animar una conversación banal, y yo la había formulado en un tono de falsa indiferencia.

—No creo que pueda llamárselo viajar, realmente —me dijo—. Pero ahora, si conseguimos algo de dinero...

Hablaba en un tono aún más bajo, como si quisiera confiarme un secreto. Y era difícil oírla a causa del bullicio que nos rodeaba. Me incliné hacia ella, nuevamente nuestras frentes se tocaban.

—Gérard y yo conocimos a un americano que escribe novelas... Vive en Mallorca... Nos buscará una casa allí... Es un tipo al que vimos por primera vez en la librería inglesa del muelle.

Yo iba a menudo. La librería se componía de un laberinto de piezas tapizadas de volúmenes en las que uno podía aislarse. Algunos clientes venían de lejos y hacían escala allí. Permanecía abierta hasta muy tarde. Había adquirido en ella algunas novelas de la colección Tauchnitz que luego había intentado revender. Anaqueles al aire libre, sillas, e incluso un sofá. Se hubiera dicho que se trataba de la terraza de un café. Desde allí se veía Notre-Dame. Y sin embargo, apenas traspasado el umbral, uno creía estar en Ámsterdam o en San Francisco.

De modo que la carta que Jacqueline había enviado en el Odéon estaba dirigida a ese «americano que escribía novelas...». ¿Cuál era su nombre? Quizá yo había leído alguno de sus libros...

—William Mc Givern...

No, no conocía al tal Mc Givern. Ella encendió un nuevo cigarrillo. Tosió. Seguía igual de pálida.

—Debo de haber cogido una gripe —dijo.

—Debería tomar otro ponche.

—No, gracias.

Su rostro había cambiado de pronto, parecía preocupada.

—Espero que Gérard tenga suerte...

—También yo...

—Siempre me inquieto cuando Gérard no está...

Había pronunciado «Gérard» demorándose sobre las sílabas, de un modo muy dulce. Por supuesto, a veces era brusca con él, pero lo tomaba del brazo por la calle, o apoyaba la cabeza en su hombro mientras estábamos sentados en una de las mesas del café Dante. Una tarde yo había llamado a la puerta de su habitación, ella me había dicho que pasara; estaban los dos tendidos sobre una cama pequeña que se hallaba cerca de la ventana.

—No puedo estar sin Gérard...

Había dejado escapar esa frase como si hablara consigo misma y hubiera olvidado mi presencia. De pronto, yo sobraba. Tal vez fuera mejor dejarla a solas. Pero en el instante en que yo buscaba un pretexto para despedirme, fijó su mirada en mí, una mirada ausente. Finalmente me vio.

Fui yo quien rompió el silencio:

—Y su gripe, ¿mejor?

—Necesitaría una aspirina. ¿Conoce alguna farmacia en esta zona?

Mi papel, hasta el momento, parecía consistir en indicarles oficinas de correos y farmacias cercanas.

Conocía una, cerca de mi hotel, en el Boulevard Saint-Germain. No solo compró aspirinas, sino también un frasco de éter. Caminamos un rato juntos hasta la esquina de la Rue des Bernardins. Se detuvo delante de la entrada de mi hotel.

—Podemos cenar juntos, si le parece bien.

Me estrechó la mano. Sonrió. Tuve que reprimir el impulso de acompañarla.

—Pase a buscarme a eso de las siete —me dijo.

Dobló la esquina de la calle. No pude evitar mirarla alejarse hacia el muelle, con su chaqueta de cuero tan poco apropiada para el invierno. Había hundido las manos en los bolsillos.

Permanecí toda la tarde en mi habitación. No había calefacción y me había echado en la cama sin quitarme el abrigo. Cada tanto me dejaba vencer por una racha de sueño o fijaba la vista en un punto del techo pensando en Jacqueline y Van Bever.

¿Habría regresado a su hotel? ¿O bien tendría una cita en algún lugar de París? Recuerdo una noche en que nos dejó solos, a Van Bever y a mí. Nos fuimos a ver un film, a la última sesión. Van Bever parecía preocupado. Comprendí que me había llevado al cine solo para que el tiempo pasara más rápido. Hacia la una de la madrugada nos reunimos con Jacqueline en un café de la Rue Cujas. No nos dijo en qué había ocupado la velada. Por otra parte, Van Bever no le hizo ninguna pregunta, como si mi presencia les impidiera hablar con toda libertad. Aquella noche yo estaba de más. Me acompañaron hasta el hotel de Lima. Guardaban silencio. Era viernes, la víspera del día en que solían partir hacia Dieppe o Forges-les-Eaux. Les pregunté a qué hora tomarían el tren.

—Mañana nos quedamos en París —dijo Van Bever secamente.

Nos despedimos a la entrada del hotel. Van Bever me dijo «Hasta mañana» sin estrecharme la mano. Jacqueline me sonrió, con una sonrisa algo forzada. Parecía preferir la compañía de un tercero, como si temiera quedarse a solas con Van Bever. Y sin embargo, cuando los vi alejarse, Van Bever la había tomado del brazo. ¿Qué se decían? ¿Jacqueline le pedía perdón? ¿Van Bever le hacía reproches? ¿O era yo quien lo imaginaba todo?

Cuando salí del hotel, hacía ya largo rato que había anochecido. Llegué al muelle por la Rue des

Bernardins. Llamé a la puerta. Vino a abrirme. Llevaba uno de esos jerséis grises de ochos y cuello alto, y un pantalón negro ajustado en los tobillos. Iba descalza. La cama junto a la ventana estaba deshecha y las cortinas descorridas. Habían quitado la pantalla de la lamparita de noche, pero la luz demasiado débil dejaba zonas de sombra. Y siempre aquel olor a éter, más intenso aún que de costumbre.

Ella se había sentado en el borde de la cama, y yo en la única silla, que estaba contra la pared, cerca del baño.

Le pregunté si se sentía mejor.

—Un poco mejor...

Me sorprendió mirando el frasco de éter destapado sobre la mesita de noche. Debió de pensar que percibía el olor.

—Lo tomo para calmar la tos...

Y con el tono de quien busca justificarse, repitió:

—Es verdad..., es muy bueno para la tos.

Y como advirtió que estaba dispuesto a creerla, me dijo:

—¿Nunca lo ha probado?

—No.

Me tendió un trozo de algodón embebido en éter. Dudé unos segundos antes de agarrarlo, pero si aquello podía crear un vínculo entre los dos... Aspiré el éter del algodón y luego del frasco. Ella también. Una frescura me invadió los pulmones. Me hallaba tendido a su lado. Estábamos muy cerca el uno del otro y caíamos al vacío. La sensación de frescor era cada vez más intensa y el tic-tac del reloj despertador se distinguía, cada vez más nítido, en el silencio, hasta el punto de que podía oír su eco.

Salimos del hotel cerca de las seis de la mañana y caminamos hasta el café de la Rue Cujas, que permanecía abierto toda la noche. Era allí donde me habían citado la semana anterior, a su regreso de Forges-les-Eaux. Habían llegado alrededor de las siete y habíamos desayunado juntos. Pero no tenían el aspecto de quien acaba de pasar una noche sin dormir y parecían más animados que de costumbre. Sobre todo Jacqueline. Habían ganado dos mil francos.

Esta vez Van Bever no regresaría de Forges en tren sino en el automóvil de alguien a quien habían conocido en el casino de Langrune y que vivía en París. Al salir del hotel, Jacqueline me había dicho que quizá había regresado ya y la esperaba en la Rue Cujas.

Le pregunté si no prefería ir sola, y si mi presencia era realmente necesaria. Pero ella se encogió de hombros y me dijo que quería que la acompañara.

No había nadie en el café aparte de nosotros. La luz de neón me encandiló. Fuera todavía era de noche y yo había perdido la noción del tiempo. Estábamos sentados, uno al lado del otro, en el banco, cerca del ventanal, y tenía la impresión de que la noche apenas había comenzado.

A través del cristal vi un automóvil negro que se detenía a la altura del café. De su interior salió Van Bever, con su abrigo de tweed. Se inclinó hacia el conductor antes de cerrar la portezuela. Nos buscó con la mirada, sin encontrarnos. Creyó que estaríamos en el fondo de la sala. Pestañeaba a causa de las luces de neón. Luego vino a sentarse frente a nosotros.

No parecía sorprendido de mi presencia, ¿o estaba demasiado cansado para hacer preguntas? Enseguida pidió un café doble y cruasanes.

—Finalmente fui a Dieppe...

Seguía con el abrigo puesto y el cuello levantado. Encorvaba la espalda y hundía la cabeza entre los hombros, una postura que solía adoptar cuando se sentaba y que me hacía pensar en un jockey. De pie, por el contrario, se mantenía erguido, como si quisiera parecer más alto.

—He ganado tres mil francos en Dieppe...

Lo dijo con cierto desafío. Quizás era su modo de indicar su descontento al verme en compañía de Jacqueline. Había tomado a Jacqueline de la mano. Me ignoraba.

—Qué bien —dijo ella.

Le acariciaba la mano.

—Podrán comprar los billetes de avión para Mallorca —dije.

Van Bever me miró asombrado.

—Le hablé de nuestros proyectos —dijo Jacqueline.

—Entonces, está al corriente. Espero que venga con nosotros...

No, definitivamente no estaba enojado por mi presencia. Pero continuaba tratándome de usted. Yo había intentado, en varias ocasiones, tutearlo. Sin éxito. Siempre me respondía de usted.

—Iré, si me aceptan —les dije.

—Por supuesto —dijo Jacqueline.

Me sonreía. Ahora había apoyado su mano sobre la de él. El camarero traía los cafés y los cruasanes.

—No he comido nada desde hace veinticuatro horas —dijo Van Bever.

Su rostro se veía pálido bajo la luz de neón, ojeroso. Comió varios cruasanes seguidos.

—Ahora me siento mejor... Hace un rato, en el coche, me iba durmiendo...

Jacqueline sí parecía sentirse mejor. Ya no tosía. ¿El efecto del éter? Me pregunté si no habría soñado las horas pasadas junto a ella, esa sensación de vacío, de frescura y ligereza, los dos en la cama demasiado estrecha, las sacudidas que nos arrebataban como en un remolino, el eco de su voz resonando con más fuerza que el tic-tac del reloj. Me había tuteado. Ahora me trataba de usted. Y Gérard van Bever estaba allí. Habría que esperar a que partiera nuevamente hacia Forges-les-Eaux o Dieppe, y ni siquiera tenía la seguridad de que ella fuera a quedarse conmigo en París.

—Y ustedes, ¿qué han hecho?

Por un momento pensé que sospechaba algo. Pero había hablado en el tono distraído de quien hace una pregunta de rutina.

—Nada en particular —dijo Jacqueline—. Fuimos al cine.

Me miraba fijamente a los ojos, como si quisiera hacerme cómplice de aquella mentira. Tenía siempre su mano sobre la de Van Bever.

—¿Y qué han visto?

—*Los contrabandistas de Moonfleet* —dije.

—¿Es buena?

Apartó su mano de la de Jacqueline.

—Muy buena.

Nos examinó con atención, primero a uno y después al otro. Jacqueline le sostuvo la mirada.

—Me gustaría que me contaran el film... Pero otro día..., ya tendrán tiempo...

Había adoptado un tono irónico y advertí un ligero temor en Jacqueline. Fruncía las cejas. Finalmente dijo:

—¿Quieres volver al hotel?

De nuevo lo había tomado de la mano. Ignoraba mi presencia.

—Todavía no... Voy a pedir otro café...

—Y luego regresamos al hotel —le repitió ella con una voz dulce.

Súbitamente me daba cuenta de la hora, y me sentía desilusionado. Todo el encanto de aquella noche se disipaba. Solo una muchacha de cabello castaño, con su chaqueta de cuero marrón, el rostro pálido, sentada frente a un tipo con abrigo de tweed. Se tomaban de la mano en un café del Barrio Latino. Regresarían juntos al hotel. Y un día de invierno comenzaba, como tantos otros. Más tarde me perdería en la bruma del Boulevard Saint-Michel, en medio de todas esas gentes que iban hacia sus escuelas o universidades. Tenían mi edad, pero me eran extraños. Apenas podía comprender su lenguaje. Un día le había confesado a Van Bever que quería cambiar de barrio porque no me sentía a gusto en medio de todos esos estudiantes. Él me había dicho:

—Sería un error. Entre ellos, uno pasa inadvertido.

Jacqueline había apartado la vista, había vuelto la cabeza hacia otro lado como si el tema no le interesara o temiera que Van Bever me hiciera alguna confidencia.

—¿Por qué? —le había preguntado yo—, ¿teme que lo descubran?

No me respondió. Pero no necesitaba explicaciones. También yo temía ser descubierto.

—Entonces ¿regresamos al hotel?

Siempre le hablaba con aquella dulce voz. Le acariciaba la mano. Recordé lo que me había dicho por la tarde, en el café Dante: «No puedo estar sin Gérard». Irían a su habitación. ¿Aspirarían éter como habíamos hecho nosotros la víspera? No. Al salir del hotel, Jacqueline había sacado del bolsillo de su chaqueta el frasco de éter y lo había arrojado a una alcantarilla, un poco más lejos, en el muelle.

—Le prometí a Gérard no volver a tomar esta porquería.

Aparentemente yo no le inspiraba tales escrúpulos. Me sentía decepcionado, pero experimentaba también una ambigua sensación de complicidad, pues finalmente era conmigo con quien había querido compartir aquella «porquería».

Los acompañé hasta el muelle. Al llegar al hotel, Van Bever me tendió la mano.

—Adiós.

Ella evitaba mi mirada.

—Nos vemos más tarde en el café Dante —dijo.

Los vi subir la escalera. Ella lo agarraba del brazo. Yo permanecía allí, inmóvil, en la entrada. Luego oí cerrarse la puerta de su habitación.

Caminé por el Quai de la Tournelle, junto a los plátanos desnudos, en medio de la niebla y el frío húmedo. Al menos llevaba botas, pero la habitación mal calentada y aquella cama de madera oscura me causaban una ligera aprensión. Van Bever había ganado tres mil francos en Dieppe. ¿Cómo me las habría arreglado yo para reunir esa suma? Trataba de evaluar los libros que me quedaban por vender. No eran gran cosa. De todos modos, el hecho de que yo dispusiera de mucho dinero dejaría a Jacqueline completamente indiferente.

Me había dicho: «Nos vemos más tarde en el café Dante». No había sido precisa. Me vería obligado a esperarlos una tarde y otra, como la primera vez. Y en el transcurso de los días una idea acabaría por ocupar todo mi pensamiento: ella no quería volver a verme a causa de lo que había pasado entre nosotros la última noche. Me había convertido en un testigo molesto.

Subía por el Boulevard Saint-Michel y tenía la impresión de estar estancado desde hacía mucho tiempo en las mismas calles, prisionero de aquel barrio sin ningún motivo preciso. Excepto uno: llevaba en mi bolsillo una falsa credencial de estudiante para estar en regla, por lo que me convenía frecuentar un barrio de estudiantes.

Cuando llegué al hotel de Lima dudé antes de entrar. Pero no podía pasar todo el día fuera, en medio de aquellas gentes con portafolios de cuero y carteras que se dirigían a los liceos, a la Sorbo-

na o a la Escuela de Minas. Me dejé caer sobre la cama. La habitación era demasiado pequeña como
para hacer otra cosa: ni sillas ni sillón.

El campanario de la iglesia se recortaba en el
marco de la ventana, y también las ramas de un
castaño que, por desgracia, no estaban cubiertas de
hojas. Habría que esperar un mes aún para la primavera. Ya no recuerdo si pensaba en el futuro, en
aquellos días. Creo más bien que vivía en el presente, con vagos proyectos de fuga, como hoy, y con la
esperanza de encontrar a Jacqueline y a Van Bever,
más tarde, en el café Dante.

Fue después, a eso de la una de la madrugada, cuando me presentaron a Cartaud. Por la tarde los había esperado inútilmente en el café Dante y no me había atrevido a pasar por el hotel. Había comido algo en uno de los restaurantes chinos de la Rue du Sommerard. La perspectiva de no volver a ver a Jacqueline me quitaba el apetito. Entonces intenté tranquilizarme: no abandonarían el hotel de un día para otro, e incluso si lo hicieran, dejarían en portería un mensaje a mi nombre, con su dirección. Pero ¿qué razones precisas tendrían para dejarme su dirección? Mala suerte entonces: me vería obligado a buscarlos, los sábados y domingos, por los casinos de Dieppe y Forges-les-Eaux.

Permanecí largo rato en la librería inglesa del muelle, cerca de Saint-Julien-le-Pauvre. Compré un libro: *A High Wind in Jamaica,* que había leído cuando tenía quince años en francés bajo el título de *Un cyclone à la Jamaïque.* Caminé sin rumbo antes de caer en otra librería, también abierta hasta muy tarde, en la Rue Saint-Séverin. Luego regresé a mi habitación y traté de leer.

Salí nuevamente y mis pasos me llevaron hasta el café de la Rue Cujas donde nos habíamos reunido esa mañana. El corazón me dio un vuelco: estaban sentados a la misma mesa, cerca del ventanal, en compañía de un hombre moreno. Van Bever estaba a su derecha. Yo solo veía a Jacqueline enfrente de ellos, sentada sola en el banco con los brazos cruzados. Allí estaba, detrás del cristal, bajo la luz amarilla, y lamento no poder volver atrás en el tiempo. Me encontraría en la acera de la Rue Cujas, en el mismo lugar que entonces, pero tal como soy hoy, y no tendría reparos en sacar a Jacqueline de aquel acuario para llevarla al aire libre.

Mientras me dirigía hacia su mesa me sentía violento, como si mi intención hubiera sido sorprenderlos. Van Bever, al verme, hizo una seña amistosa con la mano. Jacqueline me sonrió sin manifestar el menor asombro. Fue Van Bever quien me presentó al otro:

—Pierre Cartaud...

Le estreché la mano y me senté en el banco, junto a Jacqueline.

—¿Paseando por el barrio? —me dijo Van Bever, con el tono amable con el que se habría dirigido a un conocido lejano.

—Sí... Por casualidad...

Estaba firmemente decidido a quedarme allí, en el banco. Jacqueline evitaba mis miradas. ¿Era la presencia de Cartaud lo que los volvía tan distantes? Sin duda, había interrumpido una conversación.

—¿Quiere usted tomar algo? —me preguntó Cartaud.

Tenía la voz grave, bien timbrada, de alguien que está habituado a hablar y a persuadir.

—Una granadina.

Nos aventajaba en edad, tendría unos treinta y cinco años. Moreno, con las facciones regulares. Llevaba un traje gris.

A la salida del hotel había guardado en el bolsillo de mi impermeable *A High Wind in Jamaica*. Llevar conmigo una novela que me gustaba me daba cierta seguridad. La deposité sobre la mesa mientras buscaba en el fondo del bolsillo un paquete de cigarrillos, y Cartaud reparó en ella.

—¿Lee en inglés?

Le respondí que sí. Como Jacqueline y Van Bever seguían callados, finalmente preguntó:

—¿Se conocen desde hace mucho tiempo?

—Nos conocimos en el barrio —dijo Jacqueline.

—Ajá..., ya veo...

¿Qué era lo que veía? Encendió un cigarrillo.

—¿Y los acompaña a los casinos?

—No.

Van Bever y Jacqueline se mantenían distantes. ¿Por qué mi presencia habría de resultarles embarazosa?

—Entonces no los ha visto jugar tres horas seguidas...

Y soltó una carcajada.

—Hemos conocido a este señor en Langrune —me dijo ella.

—Enseguida atrajeron mi atención —dijo Cartaud—. Tenían un modo tan extraño de jugar...

—¿Por qué extraño? —dijo Van Bever en un tono falsamente ingenuo.

—Me pregunto, por otra parte, qué es lo que estaba usted haciendo en Langrune —dijo Jacqueline con una sonrisa.

Van Bever había adoptado su habitual postura de jockey: la espalda encorvada, la cabeza entre los hombros. Parecía incómodo.

—¿Suele ir al casino? —le pregunté a Cartaud.

—No realmente. Me divierte entrar, a veces, cuando no tengo nada que hacer...

¿Y cuál era su actividad cuando tenía algo que hacer?

Poco a poco, Jacqueline y Van Bever se distendieron. ¿Temían que dijera algo que pudiera enojar a Cartaud, o bien que Cartaud revelara, en la conversación, algo que los dos querían ocultarme?

—Y la semana próxima... ¿Forges?

Cartaud los miraba divertido.

—Más bien Dieppe —dijo Van Bever.

—Podría llevarlos en mi coche. Es más rápido...

Se volvió hacia Jacqueline y hacia mí:

—Ayer, nos tomó poco más de una hora regresar de Dieppe...

De modo que era él quien había traído a Van Bever a París. Recordé el automóvil negro, parado en la Rue Cujas.

—Sería muy gentil de su parte —dijo Jacqueline—. Es tan aburrido viajar en tren...

Miraba a Cartaud de un modo extraño, como si estuviera impresionada y no pudiera ocultar cierta admiración. ¿Lo había notado Van Bever?

—Será un placer serles útil —dijo Cartaud—. Espero que nos acompañe...

Había fijado en mí su mirada irónica. Al parecer, ya me había juzgado, y yo le inspiraba una discreta condescendencia.

—No frecuento los casinos de provincias —le dije secamente.

Acusó el golpe. También Jacqueline se sorprendió de mi respuesta. Van Bever no se inmutó.

—Usted se lo pierde. Son muy divertidos los casinos de provincias...

Su mirada se había endurecido. Lo había ofendido, sin duda. No esperaba ese tipo de comentario en boca de un muchacho aparentemente tan tímido. Yo quería disipar el malestar. Entonces dije:

—Tiene usted razón... Es divertido... Sobre todo Langrune...

Sí, me hubiera gustado saber qué diablos hacía en Langrune cuando se encontró con Jacqueline y Van Bever. Yo conocía aquel lugar porque había estado una tarde con unos amigos, el año anterior, durante un viaje a Normandía. Me era difícil imaginarlo allí, con su traje gris, caminando junto a las grandes casas abandonadas de la costa, bajo la lluvia, en busca del casino. Tenía el vago recuerdo de que este no se encontraba en Langrune sino a algunos kilómetros de distancia, en Luc-sur-Mer.

—¿Es usted estudiante?

Al final acabó por formular la pregunta. En un primer momento quise decirle: sí, pero esa respuesta simple complicaba las cosas, pues obligaba a precisar inmediatamente la clase de estudios.

—No. Trabajo para algunas librerías.

Esperaba que se diera por satisfecho. ¿Les había hecho la misma pregunta a Jacqueline y a Van Bever? ¿Y qué le habían respondido? ¿Van Bever le había dicho que era vendedor ambulante? Me parecía poco probable.

—Yo estudié ahí, justo enfrente...

Nos señalaba un pequeño edificio al otro lado de la calle.

—La Escuela Francesa de Ortopedia... Pasé un año allí dentro... Luego fui a la Escuela de Odontología, en la Avenue de Choisy...

Nos hablaba ahora en un tono confidencial. ¿Decía realmente la verdad? Quizá buscaba hacernos olvidar que no tenía nuestra edad ni era estudiante.

—Elegí la Escuela de Odontología para orientarme hacia algo concreto. Tenía más bien tendencia a perder el tiempo, como ustedes...

Decididamente no podía haber más que una explicación para el hecho de que aquel hombre de treinta y cinco años con traje gris estuviera allí, a esa hora de la madrugada, con nosotros, en un café del Barrio Latino: estaba interesado en Jacqueline.

—¿Desea beber otra cosa? Yo tomaré otro whisky...

Van Bever y Jacqueline no mostraban el menor signo de impaciencia. Y yo permanecía sentado en el banco como en esos malos sueños en los que uno no puede levantarse porque las piernas le pesan como el plomo. De cuando en cuando, observaba a Jacqueline, y hubiera querido proponerle abandonar el café y caminar juntos hasta la estación de Lyon. Habríamos tomado el tren de la noche y a la mañana siguiente habríamos llegado a la Costa Azul o a Italia.

El coche estaba estacionado un poco más arriba, en la Rue Cujas, en esa zona de la calle en que había escalones y barandillas de hierro. Jacqueline ocupó el asiento delantero.

Cartaud me preguntó la dirección de mi hotel y, siguiendo la Rue Saint-Jacques, desembocamos en el Boulevard Saint-Germain.

—Si he entendido bien —dijo—, se hospedan todos en un hotel...

Se volvió hacia Van Bever y hacia mí. Otra vez nos miraba irónicamente, y yo tenía la impresión de que nos consideraba despreciables.

—En fin, es la vida bohemia...

Quizá buscaba un tono de broma y de complicidad. En ese caso, lo hacía torpemente, como esas gentes de edad avanzada que se sienten intimidadas por la juventud.

—¿Y hasta cuándo piensan vivir en hoteles?

Esta vez se dirigía a Jacqueline, que fumaba y dejaba caer la ceniza de su cigarrillo por la ventanilla entreabierta.

—Hasta que podamos irnos de París —dijo ella—. Eso dependerá de nuestro amigo americano que vive en Mallorca.

Esa tarde yo había buscado en vano un libro del tal Mc Givern en la librería inglesa del muelle. La única prueba de su existencia era el sobre que había visto el primer día en manos de Jacqueline, y que llevaba la dirección de Mallorca. Pero no estaba seguro de que el nombre del destinatario fuese «Mc Givern».

—¿Pueden realmente contar con él? —preguntó Cartaud.

Van Bever, que estaba sentado a mi lado, parecía incómodo. Fue Jacqueline quien respondió finalmente:

—Por supuesto... Nos ha invitado a ir a Mallorca.

Hablaba con una voz clara que no le conocía. Yo tenía la sensación de que quería impresionar a Cartaud con ese «amigo americano», hacerle comprender que él, Cartaud, no era el único en interesarse por ella y Van Bever.

Detuvo el coche delante de mi hotel. Era evidente que yo debía abandonarlos, y temía no volverlos a ver, como aquellas tardes en que los esperaba en el café Dante. Cartaud no los conduciría inmediatamente al hotel, y sin duda acabarían la noche juntos, en algún lugar de la margen derecha. O incluso tomarían un último trago por el barrio. Pero primero preferían deshacerse de mí.

Van Bever salió del automóvil dejando la portezuela abierta. Me pareció que la mano de Cartaud acariciaba la rodilla de Jacqueline, pero quizá no fuera más que una ilusión óptica causada por la penumbra.

Ella me había dicho «adiós», en voz muy baja. Cartaud había condescendido a un indiferente «buenas noches». Decididamente, yo era un estorbo. Van Bever había esperado de pie en la acera a que yo descendiera del automóvil. Me había estrechado la mano. «Hasta uno de estos días, en el café Dante», me dijo.

En el umbral del hotel me volví. Van Bever me saludó con la mano y entró en el coche. Cerró la portezuela. Ahora iba solo en el asiento trasero.

El automóvil se puso en marcha y tomó la dirección del Sena. Era también el camino hacia la estación de Austerlitz y la de Lyon, y me dije que abandonarían París.

Antes de subir a mi habitación le pedí al vigilante nocturno una guía telefónica, pero aún ignoraba la ortografía exacta de «Cartaud» y tenía ante mis ojos: Cartau, Cartaud, Cartault, Cartaux, Carteau, Carteaud, Carteaux. Ninguno de ellos se llamaba Pierre.

No podía dormir y lamentaba no haberle hecho ciertas preguntas a Cartaud. Pero ¿habría respondido? Si verdaderamente había estudiado en la Escuela de Odontología, ¿ejercía en la actualidad? Procuraba imaginarlo vestido con bata blanca de dentista, atendiendo en su consultorio. Luego mis pensamientos me condujeron hacia Jacqueline y la mano de Cartaud sobre su rodilla. Quizá Van Bever pudiera darme una explicación al respecto. No dormí bien aquella noche. En mis sueños los nombres desfilaban en caracteres luminosos. Cartau, Cartaud, Cartault, Cartaux, Carteau, Carteaud, Carteaux.

Me desperté a eso de las ocho: alguien llamaba a la puerta de mi habitación. Era Jacqueline. Yo debía de tener la mirada extraviada del que sale de un mal sueño. Me dijo que me esperaba fuera.

Aún era de noche. La veía desde la ventana. Se había sentado en un banco, del otro lado del bulevar. Había alzado el cuello de su chaqueta de cuero y había hundido las manos en los bolsillos para protegerse del frío.

Caminamos juntos hacia el Sena y entramos en el último café antes del mercado de vinos. ¿Por qué extraño azar se encontraba allí, frente a mí? La víspera, al descender del automóvil de Cartaud, no hubiera imaginado algo tan simple. Todo lo que vislumbraba era esperarla, largas tardes, en el café Dante. Me explicó que Van Bever había ido a Athis-Mons en busca de las partidas de nacimiento para los nuevos pasaportes. Habían perdido los anteriores en el transcurso de un viaje a Bélgica, hacía tres meses.

Ya no demostraba aquella indiferencia que me había desorientado la noche anterior, cuando los sorprendí con Cartaud. Volvía a ser la misma que había sido en los momentos que habíamos pasado juntos. Le pregunté si su gripe había desaparecido.

Alzó los hombros. Hacía aún más frío que el día anterior y llevaba siempre aquella chaqueta de cuero liviana.

—Debería tener un verdadero abrigo —le dije.

Me miró fijamente a los ojos y sonrió con cierta sorna.

—¿A qué llama usted un verdadero abrigo?

Esa pregunta me pilló desprevenido. Y, como si quisiera tranquilizarme, agregó:

—De todos modos, el invierno casi ha acabado.

Esperaba noticias de Mallorca. Y estas no deberían tardar. Confiaba en poder viajar en primavera. Naturalmente, yo iría con ellos, si así lo deseaba. Su confirmación me tranquilizó.

—¿Y Cartaud? ¿Ha sabido algo más de él?

Al oír el nombre de Cartaud frunció el ceño. Yo lo había mencionado con el tono anodino de quien habla de la lluvia y el mal tiempo.

—¿Recuerda su nombre?

—Es un nombre fácil de recordar.

¿Y el tal Cartaud ejercía su profesión? Sí, trabajaba en un consultorio de cirugía dental, en el Boulevard Haussmann, al lado del museo Jacquemart-André.

Encendió un cigarrillo con un gesto nervioso:

—Cartaud podría prestarnos dinero. Eso nos ayudaría para el viaje.

Parecía indagar mi reacción.

—¿Tiene mucho dinero? —le pregunté.

Sonrió.

—Usted hablaba de un abrigo hace un momento... Pues bien, le pediré que me compre un abrigo de piel...

Puso su mano en la mía, como la había visto hacer con Van Bever en el café de la Rue Cujas, y acercó su rostro al mío.

—No se preocupe —me dijo—. Detesto los abrigos de piel.

En mi habitación, corrió las cortinas negras. Yo nunca lo había hecho antes porque el color de esas cortinas me inquietaba, y cada mañana me despertaba la luz del día. La luz se filtraba ahora por la abertura entre las cortinas. Era extraño ver su chaqueta y su ropa diseminadas por el suelo. Mucho después nos quedamos dormidos. El ruido de los pasos en la escalera me arrancó del sueño, pero no me moví. Ella dormía, su cabeza en mi hombro. Miré mi reloj de pulsera. Eran las dos de la tarde.

Al salir de la habitación, me dijo que sería mejor que no nos viéramos aquella noche. Sin duda hacía ya largo rato que Van Bever estaba de regreso de Athis-Mons y la esperaba en el Quai de la Tournelle. No quise preguntarle cómo justificaría su demora.

Cuando me quedé solo, tuve la impresión de haber regresado al mismo punto de la noche anterior: nuevamente no tenía ninguna certeza y mi único recurso era esperarla allí, o bien en el café Dante, o tal vez pasar por la Rue Cujas a eso de la una de la madrugada. Y nuevamente, el sábado, Van Bever partiría hacia Forges-les-Eaux o Dieppe, e iríamos a acompañarlo hasta la estación de metro. Y si él aceptaba que ella se quedara en París, sería igual que la otra vez. Y así hasta el final de los tiempos.

Cargué tres o cuatro libros de arte en mi gran bolsa de tela beige y bajé las escaleras.

Le pregunté al hombre que estaba detrás del mostrador de la recepción si tenía una guía de calles de París, y me tendió una, de color azul, que parecía nueva. Consulté todos los números del Boulevard Haussmann hasta encontrar, en el 158, el museo Jacquemart-André. En el 160 había, en efecto, un dentista, un tal Pierre Robbes. Anoté, por las dudas, su número de teléfono: Wagram 13 18. Luego me dirigí con la gran bolsa beige en la mano hacia la librería inglesa de Saint-Julien-le-Pauvre, donde conseguí vender una de las obras que llevaba, *Italian Villas and Their Gardens,* por la suma de ciento cincuenta francos.

Dudé un instante frente al edificio que había en el número 160 del Boulevard Haussmann y atravesé la puerta cochera. En una placa fijada en la pared, con grandes letras de molde, figuraban los nombres y los pisos:

DOCTOR P. ROBBES – P. CARTAUD
2.º piso

El nombre de Cartaud no estaba escrito con los mismos caracteres que el resto y parecía haber sido añadido a la lista. Decidí llamar a la puerta del segundo piso, pero no tomé el ascensor, cuyos batientes acristalados y cuyas rejas brillaban en la penumbra. Subí lentamente los peldaños de la escalera mientras pensaba qué le diría a la persona que me abriera la puerta. «Tengo una cita con el doctor Cartaud.» Si me hacían pasar a su consultorio, adoptaría el tono jovial de quien visita a un amigo sin previo aviso. Con una pequeña diferencia: el supuesto amigo no me había visto más que una vez, y tal vez no me reconociera.

En la puerta había una placa de bronce sobre la que podía leerse:

CIRUJANO DENTAL

Toqué el timbre una vez, dos veces, tres veces, pero nadie respondía.

Salí del edificio. Junto al museo Jacquemart-André había un café con grandes ventanales. Elegí una mesa desde la que podía vigilar la entrada del número 160. Esperaba la llegada de Cartaud. Ni siquiera estaba seguro de que fuera importante para Jacqueline y Van Bever. Había sido un encuentro azaroso. Quizá no volvieran a verlo en toda su vida.

Ya había bebido varias granadinas y eran las cinco de la tarde. Había acabado por olvidar la razón precisa por la que esperaba en aquel café. Hacía meses que no ponía los pies en la margen derecha, y ahora el Quai de la Tournelle y el Barrio Latino parecían estar a miles de kilómetros de distancia.

Caía la noche. El café, desierto a mi llegada, se iba llenando poco a poco de clientes que seguramente provenían de las oficinas cercanas. Oía el ruido de un *flipper,* como en el café Dante.

Un coche negro se detuvo frente al museo Jacquemart-André. En un primer momento no le presté demasiada atención. Luego el corazón me dio un vuelco: era el coche de Cartaud. Lo reconocí porque se trataba de un modelo inglés poco corriente en Francia. Cartaud salió del coche y fue a abrirle la puerta a su acompañante: era Jacqueline. Mientras se dirigían hacia la puerta cochera del edificio habrían podido verme a través de los cristales del café, pero no me moví de mi mesa. Es más, no apartaba la vista de ellos, como si quisiera atraer su atención.

Pasaron sin advertir mi presencia. Cartaud empujó la puerta para dejar pasar a Jacqueline. Llevaba un abrigo azul marino, y Jacqueline, su liviana chaqueta de cuero.

Pedí una ficha de teléfono en el mostrador. La cabina se hallaba en el sótano. Marqué Wagram 13 18. Del otro lado descolgaron el auricular.

—Hola..., ¿hablo con Pierre Cartaud?

—¿De parte de quién?

—Quisiera hablar con Jacqueline.

Unos segundos de silencio. Colgué.

Volví a verlos, a ella y a Van Bever, al día siguiente por la tarde en el café Dante. Estaban solos, al fondo de la sala, delante del *flipper*. No interrumpieron la partida a mi llegada. Jacqueline llevaba su pantalón negro ajustado en los tobillos y unas alpargatas rojas con cintas. No era un calzado apropiado para el invierno.

Aproveché un instante en que Van Bever fue a comprar cigarrillos y nos dejó solos para decirle:

—¿Y Cartaud? ¿Lo pasaron bien ayer en el Boulevard Haussmann?

Se puso muy pálida.

—¿Por qué me hace esa pregunta?

—Los vi entrar juntos en el edificio.

Yo me esforzaba por sonreír y hablar en un tono casual.

—¿Me estaba siguiendo?

Tenía los ojos dilatados. En el momento en que Van Bever se acercaba se inclinó hacia mí y me dijo en voz baja:

—Esto queda entre nosotros.

Pensé en el frasco de éter —esa porquería, como ella lo llamaba— que había compartido conmigo aquella noche.

—Parece preocupado...

Van Bever estaba de pie delante de mí y me daba golpecitos en la espalda, como si intentara hacerme salir de un mal sueño. Me tendía un paquete de cigarrillos.

—¿Quieres jugar otra partida de *flipper*? —le preguntó Jacqueline.

Se hubiera dicho que buscaba alejarlo de mí.

—Todavía no. Me duele la cabeza.

A mí también. Oía el ruido del *flipper* incluso cuando no estaba en el café Dante.

Le pregunté a Van Bever:

—¿Tiene noticias de Cartaud?

Jacqueline frunció el ceño, sin duda para hacerme entender que no debía tocar ese tema.

—¿Por qué? ¿Le interesa?

Me había hecho la pregunta en un tono seco. Parecía sorprendido de que yo recordara el nombre de Cartaud.

—¿Es un buen cirujano dental? —pregunté.

Recordaba el traje gris y la voz grave, bien timbrada, que dejaban entrever cierta distinción.

—No lo sé —dijo Van Bever.

Jacqueline fingía no oír. Miraba hacia otra parte, hacia la entrada del café. Van Bever sonreía, con una sonrisa algo crispada.

—Trabaja la mitad del tiempo en París —dijo.

—¿Y el resto del tiempo?

—En provincias.

Aquella noche en el café de la Rue Cujas, cierto malestar flotaba entre ellos y Cartaud, y no se disipó a pesar de las palabras anodinas que intercambiamos cuando me senté a su mesa. El mismo malestar que yo encontraba ahora en el silencio de Jacqueline y las respuestas evasivas de Van Bever.

—El problema con ese tipo es que es un poco pegajoso —dijo Jacqueline.

Van Bever parecía aliviado de que ella hubiera tomado la iniciativa al hacerme aquella confidencia, como si a partir de entonces no tuvieran nada que ocultarme.

—No tenemos un especial interés en verlo —añadió—. Es él quien nos persigue...

Sí, era lo que había dicho Cartaud aquella noche. Se habían conocido dos meses atrás en el casino de Langrune. Él estaba solo, jugando distraídamente, para matar el tiempo. Los había invitado a cenar en el único restaurante abierto, un poco más lejos, en Luc-sur-Mer, y les había contado que era dentista y trabajaba en la región. En El Havre.

—¿Y ustedes creen que dice la verdad? —pregunté.

Van Bever pareció asombrado de que yo pusiera en duda la profesión de Cartaud. Dentista en El Havre. Yo había ido varias veces a aquella ciudad, hacía mucho tiempo, para tomar un barco hacia Inglaterra, y había paseado por sus muelles. Intentaba recordar la llegada a la estación y el trayecto hasta el puerto. Grandes construcciones de hormigón, todas iguales, a lo largo de avenidas demasiado anchas. Los edificios monumentales y las explanadas me habían producido una sensación de vacío. Y ahora, debía imaginar a Cartaud en aquel decorado.

—Hasta nos ha dado su dirección en El Havre —dijo Van Bever.

No me atreví a preguntarle, delante de Jacqueline, si conocía también su otra dirección, en París, en el Boulevard Haussmann. Ella me dirigió de repente una mirada llena de ironía, como si pensara que Van Bever simplificaba las cosas volviéndolas mucho menos confusas de lo que eran: un hombre al que se conoce en un balneario de Normandía y que es dentista en El Havre, nada de particular, en suma. Recordé que siempre esperaba la hora del embarque en un café de los muelles: la Porte Océane... ¿Frecuentaría Cartaud aquel establecimiento? ¿Y llevaría también allí su traje gris? Al día siguiente compraría un plano de El Havre y, cuando estuviera solo con Jacqueline, ella me lo explicaría todo.

—Pensábamos que perdería nuestro rastro en París, pero hace tres semanas volvimos a verlo...

Y Van Bever encorvaba un poco más la espalda y hundía la cabeza entre los hombros, como si fuera a sortear un obstáculo.

—¿Se lo cruzaron por la calle? —pregunté.

—Sí —dijo Jacqueline—. Me encontré con él por casualidad. Él esperaba un taxi en la Place du Châtelet. Me vi obligada a darle la dirección de nuestro hotel.

De repente, parecía contrariada porque la conversación fuera en aquella dirección.

—Ahora que pasa la mitad del tiempo en París —dijo Van Bever—, quiere vernos. No podemos negarnos...

La noche anterior, Jacqueline había bajado del coche después de que Cartaud le hubiese abierto la puerta y había entrado detrás de él en el edificio del Boulevard Haussmann. Los había observado con detenimiento. El rostro de Jacqueline no expresaba la menor contrariedad.

—¿Están realmente obligados a verlo?

—Un poco —dijo Van Bever.

Me sonrió. Dudó un instante antes de añadir:

—Usted podría hacernos un favor... Quedarse con nosotros cada vez que ese tipo venga a acosarnos...

—Su presencia nos facilitaría las cosas —dijo Jacqueline—. No le molesta, ¿verdad?

—Todo lo contrario, será un placer.

Hubiera hecho cualquier cosa por ella.

El sábado, Van Bever partió hacia Forges-les-Eaux. Yo los esperaba a las cinco de la tarde delante del hotel, tal como me habían pedido. Fue Van Bever el primero en salir. Me propuso dar un paseo por el Quai de la Tournelle.

—Cuento con usted para cuidar de Jacqueline.

Yo estaba sorprendido por sus palabras. Me explicó de un modo confuso que Cartaud lo había llamado la víspera para decirle que no podría acompañarlo en coche a Forges-les-Eaux porque tenía mucho trabajo. Pero no había que confiar en sus palabras aparentemente cordiales ni en su falsa cortesía. La verdad era que Cartaud quería aprovechar su ausencia, la de Van Bever, para ver a Jacqueline.

Entonces ¿por qué no la llevaba con él a Forges-les-Eaux?

Me respondió que, si así lo hiciera, Cartaud iría a buscarlos allí, y se hallarían en la misma situación.

Jacqueline salía del hotel y venía a nuestro encuentro.

—Apostaría a que estaban hablando de Cartaud —dijo.

Nos interrogaba con la mirada a uno y a otro alternativamente.

—Le he pedido que no te deje sola —dijo Van Bever.

—Gracias.

Lo acompañamos, como la vez anterior, hasta la estación de metro Pont-Marie. Guardaban silencio. Y yo ya no tenía ganas de hacer preguntas. Me dejaba arrastrar por mi indolencia habitual. Lo único importante era que me quedaría solo con Jacqueline. Tenía incluso la autorización de Van Bever, que me había confiado el papel de guardaespaldas. ¿Qué más podía pedir?

Antes de bajar las escaleras del metro, dijo:

—Trataré de estar de regreso mañana por la mañana.

En el último escalón, se quedó inmóvil un instante, muy erguido, dentro de su abrigo de tweed. Miraba fijamente a Jacqueline.

—Si me necesitas, tienes el número del casino de Forges...

Su rostro había adquirido de repente una expresión de cansancio.

Empujó uno de los batientes de la puerta, que se cerró tras él.

Atravesábamos la Île Saint-Louis en dirección a la margen izquierda y Jacqueline me había agarrado del brazo.

—¿Cuándo vamos a encontranos con Cartaud?

Mi pregunta pareció disgustarla un poco. No respondió.

Esperaba que me despidiera a la puerta de su hotel, pero me condujo hasta la habitación.

Ya había anochecido. Encendió la lamparita de noche, al lado de la cama.

Yo estaba sentado en la silla cerca del baño, y ella, en el suelo, apoyada contra el borde de la cama, los brazos alrededor de las rodillas.

—Tengo que esperar su llamada —me dijo.

Se refería a Cartaud. Pero ¿por qué estaba obligada a esperar su llamada?

—Ayer me espiaba usted en el Boulevard Haussmann.

—Sí.

Encendió un cigarrillo. A la primera bocanada de humo comenzó a toser. Abandoné mi silla y me senté en el suelo, junto a ella. Apoyábamos nuestras espaldas en el borde de la cama.

Le quité el cigarrillo de las manos. El humo le hacía mal y yo quería que dejara de toser.

—No quería hablar delante de Gérard... Se habría sentido incómodo... Pero debe usted saber que él está al tanto de todo...

Me miraba a los ojos, como desafiándome:

—Por el momento no hay otra solución... Necesitamos a ese tipo...

Yo me disponía a hacerle una pregunta, pero alargó su brazo hacia la mesilla de noche y apagó la lámpara. Se inclinó hacia mí y sentí la caricia de sus labios en mi cuello.

—¿No prefiere que pensemos en otra cosa ahora?

Tenía razón. No sabíamos cuántos disgustos podía depararnos el futuro.

Serían las siete de la tarde cuando alguien llamó a la puerta y dijo con voz ronca: «Hay una llamada para usted». Jacqueline se levantó de la cama y, sin encender la lámpara, se puso mi impermeable y abandonó la habitación dejando la puerta entornada.

El teléfono estaba en la pared del pasillo. La oía responder con un sí o un no, y repetir que «realmente no era necesario que ella fuera esa noche», como si su interlocutor no comprendiera sus palabras, o ella quisiera hacerse de rogar.

Cerró la puerta y vino a sentarse sobre la cama. Tenía un aspecto cómico con ese impermeable demasiado grande para ella, al que le había doblado las mangas.

—Debo encontrarme con él en media hora... Viene a buscarme... Cree que estoy sola aquí...

Se acercó y me dijo en voz más baja:

—Necesitaría que me hiciera un favor...

Cartaud la llevaría a cenar con unos amigos. Luego, ella no sabía exactamente cómo terminaría la velada. El favor que esperaba de mí era el siguiente: que abandonara el hotel antes de la llegada de Cartaud. Ella me daría una llave. La llave del apartamento del Boulevard Haussmann. Yo iría a buscar una maleta que se hallaba en uno de los armarios del consultorio del dentista, «el que estaba junto a la ventana». Tomaría la maleta y la traería hasta aquí, a la habitación. Eso era todo. Muy sencillo.

Ella me llamaría alrededor de las diez para indicarme dónde encontrarnos.

¿Qué contenía esa maleta? Con una sonrisa algo forzada me dijo: «Un poco de dinero». No expresé mayor asombro. ¿Y cuál sería la reacción de Cartaud al ver que la maleta había desaparecido? Bueno, jamás podría sospechar que habíamos sido nosotros quienes la habíamos robado. Naturalmente, Cartaud ignoraba que teníamos una copia de la llave del apartamento. Ella se había procurado a sus espaldas un duplicado en un puesto de la estación de Saint-Lazare.

Me sentía conmovido por el «nosotros» que había empleado, porque se trataba de ella y de mí. Quise saber, de todos modos, si Van Bever estaba al tanto del proyecto. Sí. Pero había preferido que fuera ella quien me lo contara. Yo no era entonces más que una comparsa y lo que esperaban de mí era que llevara a cabo una especie de robo. Para quitarme los escrúpulos, precisó que Cartaud no era «una buena persona» y que, de todos modos, «se lo merecía...».

—¿Es pesada la maleta? —le pregunté.

—No.

—Porque no sé si me convendría tomar un taxi o el metro.

Pareció asombrada de que yo no mostrara reticencia alguna.

—¿No le molesta hacer esto por mí?

Quería sin duda añadir que no corría ningún riesgo, pero yo no necesitaba más estímulo. A decir verdad, desde mi infancia había visto a mi padre trasladar maletas con doble fondo, bolsas y maletines de cuero, e incluso aquellas carteras negras que le daban una falsa apariencia de respetabilidad... Y siempre había ignorado cuál podía ser su contenido.

—Lo haré con gusto —le dije.

Sonrió. Me dio las gracias y añadió que era la última vez que me proponía algo así. Lo único que me molestaba vagamente era que Van Bever estuviera al corriente de todo. Por lo demás, estaba habituado a las maletas.

En el vano de la puerta me entregó la llave y me besó.

Bajé corriendo las escaleras y atravesé el muelle a paso rápido en dirección al puente de la Tournelle, esperando no cruzarme con Cartaud.

Era hora punta, y me sentía bien allí, en el metro, apretujado entre los pasajeros. No corría ningún riesgo de llamar la atención.

Cuando regresara con la maleta, había decidido, tomaría nuevamente el metro.

Esperaba el transbordo con Miromesnil en la estación Havre-Caumartin. Tenía tiempo. Jacqueline no me llamaría hasta las diez al hotel. Dejé pasar dos o tres trenes. ¿Por qué me había confiado esa misión a mí en vez de a Van Bever? ¿Le había contado, realmente, que yo iría a buscar esa maleta? Con ella, uno nunca podía saber.

A la salida del metro me invadió cierto malestar, pero se disipó rápidamente. Me cruzaba con poca gente y no había luz en las ventanas de los edificios:

oficinas que los ocupantes acababan de abandonar. Delante del número 160 alcé la vista. Solo las ventanas del cuarto piso estaban iluminadas.

No accioné el interruptor. El ascensor subía lentamente y la luz amarilla de la bombilla, a la altura de mi cabeza, proyectaba sobre la pared de la escalera la sombra de las rejas. Dejé la puerta del ascensor entreabierta un instante para poder alumbrarme mientras introducía la llave en la cerradura.

Las puertas de doble hoja del descansillo estaban abiertas de par en par, y una luz blanca provenía de las farolas de la calle. Entré en el consultorio del dentista, que se encontraba a la derecha. El sillón de los pacientes, en el centro de la habitación, con su respaldo de cuero reclinado hacia atrás, constituía una especie de diván elevado en el que se podían estirar las piernas.

A la luz de la farola abrí el armario metálico, el que estaba junto a la ventana. La maleta estaba allí, en efecto, sobre un estante. Una simple maleta de hojalata, como las que llevan los reclutas en su día de permiso.

Agarré la maleta y volví al descansillo. En el lado opuesto al consultorio del dentista había una sala de espera. Encendí el interruptor. La luz descendió de una araña de cristal. Sillones de terciopelo verde. Sobre una mesa baja, pilas de revistas. Atravesé la sala y entré en una pequeña habitación con una cama estrecha cuyas sábanas estaban revueltas. Encendí la lámpara de la mesita de noche.

La parte de arriba de un pijama hecha un ovillo sobre la almohada. En el armario, colgados en perchas, dos trajes del mismo gris y el mismo corte que el que llevaba Cartaud en la Rue Cujas. Y al pie de la ventana, un par de zapatos marrones, provistos de horma.

De modo que aquella era la habitación de Cartaud. Dentro de un cesto de mimbre vi un paquete de Royales, los cigarrillos que fumaba Jacqueline. Seguramente lo había arrojado la otra noche, cuando había venido con él.

Abrí maquinalmente el cajón de la mesilla, en el que se amontonaban cajas de somníferos y aspirinas y tarjetas de visita con el nombre de Pierre Robbes, cirujano dental, Boulevard Haussmann 160, Wagram 13 18.

La maleta estaba cerrada con llave y yo dudaba si forzar la cerradura. No era pesada. Sin duda, contenía dinero en billetes de banco. Revisé los bolsillos de los trajes y finalmente encontré una billetera negra, y en su interior, un documento de identidad, expedido un año atrás, a nombre de Pierre Cartaud, nacido el 15 de junio de 1923 en Bordeaux (Gironde), domicilio: Boulevard Haussmann 160, París.

Cartaud vivía entonces allí desde hacía un año... En el mismo domicilio del tal Pierre Robbes, cirujano dental. Era demasiado tarde para hacerle preguntas al portero y, por otra parte, no podía presentarme ante él con esa maleta de hojalata en la mano.

Me senté en el borde de la cama y aspiré aquel olor a éter que me oprimía el corazón, como si Jacqueline acabara de abandonar el cuarto.

Antes de salir del edificio, vi luz tras la puerta acristalada del portero y me decidí a llamar. Un hombre moreno, de baja estatura, abrió y asomó la cabeza por la puerta apenas entreabierta. Me miraba con desconfianza.

—Quisiera ver al doctor Robbes —le dije.

—El doctor Robbes no está en París en este momento.

—¿Sabe usted dónde podría encontrarlo?

Parecía cada vez más desconfiado y sus ojos se dirigían a la maleta de hojalata que yo llevaba en la mano.

—¿No le ha dejado su dirección?

—No puedo ayudarlo, señor. No sé quién es usted.

—Soy un pariente del doctor Robbes. Tengo unos días de permiso...

Aquel detalle pareció inspirarle algo de confianza.

—El doctor Robbes se encuentra en su casa de Behoust.

Aquel nombre no me sonaba. Le pedí que me lo deletreara: B E H O U S T.

—Disculpe —le dije—, pero pensé que el doctor Robbes ya no vivía aquí. Hay otro nombre en la lista de inquilinos.

Le señalaba la placa y el nombre de Cartaud.

—Es un colega del doctor Robbes...

Nuevamente advertí la desconfianza en su rostro. Me dijo:

—Adiós, señor.

Y cerró bruscamente la puerta.

Una vez en la calle, decidí caminar hasta la estación de Saint-Lazare. La maleta no pesaba demasiado. El bulevar estaba desierto, las fachadas de los edificios sin iluminar, de vez en cuando pasaba un coche en dirección a L'Étoile. Quizás había cometido un error al llamar a la puerta del portero, ahora podría dar mi descripción. Para tranquilizarme me decía que nadie —ni Cartaud, ni aquel fantasmal doctor Robbes, ni el portero del número 160— podía hacerme daño. Sí, lo que acababa de hacer —entrar en un apartamento desconocido y llevarme una maleta que no me pertenecía, gesto que para cualquier otro habría revestido cierta gravedad— no tenía la menor trascendencia para mí.

Prefería no volver enseguida al Quai de la Tournelle. Subí las escaleras de la estación y desemboqué en la Sala de los Pasos Perdidos. Mucha gente se dirigía aún hacia el andén de los trenes locales. Me senté en un banco con la maleta entre las piernas. Poco a poco tenía la impresión de ser yo mismo un viajero o un recluta en su día de permiso. La estación de Saint-Lazare me ofrecía innumerables posibilidades de fuga, además de las afueras o Normandía, hacia donde se dirigían los trenes. Comprar un billete para El Havre, la ciudad de Cartaud. Y una vez en El Havre, desaparecer hacia cualquier lugar, por la Porte Océane...

¿Por qué aquel vestíbulo de la estación se llamaba Sala de los Pasos Perdidos? Bastaba sin duda que uno permaneciera allí unos minutos y todo perdía sentido, incluso los propios pasos.

Caminé hasta la cafetería, que se hallaba al fondo de la estación. Dos reclutas ocupaban una de las mesas de la terraza y tenían una maleta similar a la que yo llevaba. Estuve a punto de pedirles la pequeña llave de su maleta para intentar abrir la mía. Pero temí que, una vez abierta, los fajos de billetes de banco que seguramente contenía llamaran la atención de mis vecinos, y en particular la de uno de esos inspectores de paisano de los que había oído hablar: la policía de estación. Aquellas palabras me evocaban a Jacqueline y Van Bever, como si ellos me hubieran empujado hacia una aventura en la que, a partir de aquel momento, corría el riesgo de convertirme en presa de la policía de estación.

Entré en la cafetería y me acomodé en una de las mesas cerca del ventanal que daba a la Rue Amsterdam. No tenía apetito. Pedí una granadina. Sujetaba la maleta entre mis piernas. Una pareja, en la mesa de al lado, hablaba en voz baja. El hombre era moreno, de unos treinta años, la piel del rostro picada de viruela a la altura de los pómulos. No se había quitado el gabán. La mujer también era morena y llevaba un abrigo de piel. Acababan de cenar. La mujer fumaba Royales, como Jacqueline. Sobre el banco en el que estaban sentados, una gran cartera negra y una maleta de cuero del mismo color. Me preguntaba si acababan de llegar a París o se marchaban. La mujer dijo claramente:

—Podríamos tomar el próximo tren.

—¿A qué hora sale?

—A las diez y cuarto...

—De acuerdo —dijo el hombre.

Se miraron de un modo extraño. Diez y cuarto. Era aproximadamente la hora en que Jacqueline me telefonearía al hotel del Quai de la Tournelle.

El hombre pagó la cuenta y se pusieron de pie. Él agarró la cartera negra y la maleta. Pasaron por delante de mi mesa, pero no me prestaron la menor atención.

El camarero se inclinó hacia mí:

—¿Ya ha decidido?

Me señalaba el menú.

—En esta parte de la cafetería se sirve la cena... No puedo traerle una simple consumición...

—Espero a alguien —le dije.

A través del ventanal vi de pronto al hombre y a la mujer, en la acera de la Rue Amsterdam. Ella lo había tomado del brazo. Entraron en un hotel, un poco más abajo.

El camarero volvió a plantarse delante de mi mesa:

—Debe decidirse, señor..., acaba mi turno...

Consulté mi reloj. Ocho y cuarto. Prefería permanecer allí antes que deambular fuera, en medio del frío, así que pedí el menú. La hora punta había pasado. Todos habían tomado su tren hacia las afueras.

Abajo, en la Rue Amsterdam, se veía gente tras los cristales del último café, antes de la Place de Budapest. La luz era allí más amarilla y más turbia que en el café Dante. Durante mucho tiempo me pregunté por qué todas esas gentes venían a perderse en las inmediaciones de la estación de Saint-Lazare, hasta que me enteré de que aquella zona era una de las más bajas de París. Uno parecía deslizarse allí por una suave pendiente. La pareja no había opuesto resistencia a la pendiente. Habían dejado pasar la hora del tren para ir a parar a una habitación con cortinajes negros, como los del hotel de Lima, pero donde el papel pintado de las paredes estaría más sucio, y las sábanas, arrugadas por quienes los habían precedido. Sobre la cama, ella ni siquiera se quitaría el abrigo de piel.

Había terminado mi cena. Apoyé la maleta en el asiento, a mi lado, tomé el cuchillo e intenté introducir la punta en la cerradura, pero era demasiado pequeña. Estaba fijada con unos clavos que hubiera podido arrancar con ayuda de unas pinzas. ¿Para qué? Esperaría a encontrarme con Jacqueline en la habitación, en el Quai de la Tournelle.

También podía irme solo y no volver a dar señales de vida, ni a ella ni a Van Bever. Mis únicos buenos recuerdos, hasta aquel momento, eran recuerdos de fuga.

Me entraron ganas de recortar una hoja de papel en pequeños cuadrados. Y sobre cada cuadrado habría escrito un nombre y un lugar:

Jacqueline
Van Bever
Cartaud
Doctor Robbes
Boulevard Haussmann 160, 2.º piso
Hotel de la Tournelle, Quai de la
    Tournelle 65

Hotel de Lima, Boulevard Saint-Germain 46
Le Cujas, Rue Cujas 22
Café Dante
Forges-les-Eaux, Dieppe, Bagnoles-de-
l'Orne, Enghien, Luc-sur-Mer, Langrune
El Havre
Athis-Mons

Habría mezclado los papeles, como en un juego de naipes, y los habría dispuesto sobre la mesa. ¿De modo que aquello era mi vida presente? ¿Todo se reducía para mí, en aquel momento, a unos veinte nombres y direcciones dispares cuyo único vínculo era yo? ¿Y por qué esos y no otros? ¿Qué tenía yo en común con aquellos nombres y direcciones? Me encontraba en medio de uno de esos sueños de los que sabemos que podemos despertar en cualquier momento, cuando los peligros acechan. Si así lo decidía, podía abandonar aquella mesa y todo se desharía, todo se perdería en la nada. No quedarían entonces más que una maleta de hojalata y algunos trozos de papel donde alguien habría garabateado unos nombres y lugares que ya no tendrían sentido para nadie.

Atravesé nuevamente la Sala de los Pasos Perdidos casi desierta y me dirigí hacia los andenes. Busqué en el panel luminoso el destino del tren de las diez y cuarto que debía tomar la pareja de la cafetería: EL HAVRE. Tenía la impresión de que esos trenes no conducían a ningún sitio, y de que estaba condenado a deambular de la cafetería a la Sala de los Pasos Perdidos, y de esta a la galería comercial y a las calles que rodeaban la estación. Todavía una hora que perder. Cerca de las líneas de las afueras me detuve frente a una cabina telefónica. ¿Regresar al número 160 del Boulevard Haussmann para dejar la maleta en su lugar? De ese modo todo volvería a la normalidad y yo no tendría nada que reprocharme. En el interior de la cabina consulté la guía telefónica, pues había olvidado el número del doctor Robbes. El teléfono sonaba y nadie respondía. El apartamento estaba vacío. ¿Llamar al tal doctor Robbes a su casa de Behoust y confesarle todo? ¿Y dónde diablos estarían en ese momento Jacqueline y Cartaud? Colgué el auricular. Prefería conservar la maleta y llevársela a Jacqueline, era el único modo de mantener algún contacto con ella.

Hojeaba la guía telefónica. Las calles de París desfilaban ante mis ojos, lo mismo que los números de los edificios y los nombres de sus ocupantes. Di con SAINT-LAZARE (Estación) y me sorprendió encontrar también allí nombres:

Red policial	Lab 28 42
Coches cama	Eur 44 46
Café Roma	Eur 48 30
Hotel Terminus	Eur 36 80
Cooperativa de mozos de equipaje	Eur 58 77
Gabrielle Debrie, flores, Sala de los Pasos Perdidos	Lab 02 47
Galería comercial: 1 Bernois	Eur 45 66

5 Biddeloo y Dilley Mmes.	Eur 42 48
Calzados Geo	Eur 44 63
Cinéac	Lab 80 74
19 Bourgeois (Renée)	Eur 35 02
25 Stop correo privado	Eur 45 96
25 *bis* Nono-Nanette	Eur 42 62
27 Discobole	Eur 41 43

¿Era posible entrar en contacto con aquellas personas? ¿En ese momento Renée Bourgeois se encontraba en algún lugar de la estación? Detrás de los cristales de una de las salas de espera distinguí a un hombre con un viejo gabán marrón que dormía desplomado sobre uno de los bancos. Un diario asomaba del bolsillo de su gabán. ¿Bernois?

Por la escalera principal llegué a la galería comercial. Todas las tiendas estaban cerradas. Oía el ruido del motor diésel de los taxis, que esperaban en fila, en la Rue Amsterdam. La galería comercial estaba muy iluminada y yo temía cruzarme en cualquier momento con uno de esos inspectores de la «red policial» —como figuraba en la guía—. Me ordenaría abrir la maleta y yo me vería obligado a huir. Me atraparían fácilmente y me llevarían a la comisaría de la estación. Todo era demasiado estúpido.

Entré en el Cinéac y pagué los dos francos con cincuenta en la taquilla. La empleada, una rubia con el pelo corto, quiso guiarme con su linterna hasta las primeras filas, pero preferí sentarme al fondo de la sala. Las imágenes del noticiario se sucedían y el locutor las comentaba con una voz chillona que yo conocía de memoria, la misma voz desde hacía veinticinco años. La había oído el año anterior en el cine Bonaparte, durante la proyección de un montaje de viejos noticiarios.

Había depositado la maleta en el asiento, a mi derecha. Delante de mí conté siete siluetas dispersas, siete personas solas. Flotaba en la sala ese tibio olor a ozono que nos sorprende al caminar sobre una rejilla del metro. Apenas prestaba atención a las imágenes de los acontecimientos de la semana. Cada quince minutos se repetirían sobre la pantalla, atemporales, como aquella voz aguda que, me decía, tal vez funcionara gracias a una prótesis.

Las noticias se proyectaban por tercera vez y miré mi reloj. Nueve y media. Solo quedaban dos siluetas delante de mí. Sin duda se habían dormido. La acomodadora ocupaba una silla plegable, contra la pared del fondo, cerca de la entrada. Oí el ruido de la silla al cerrarse. El haz de luz de su linterna barrió la fila de asientos que se encontraba a mi altura, pero al otro lado del pasillo. Guiaba a un joven de uniforme. Apagó su linterna y se sentaron juntos. Pude oír algunas palabras de la conversación. También él subiría al tren de El Havre. Trataría de estar de regreso en París en quince días. La llamaría para darle la fecha exacta. Estaban muy cerca. Solo nos separaba el pasillo. Hablaban en voz alta, como si ignoraran mi presencia y la de las dos siluetas dormidas delante de nosotros. Se quedaron callados. Se abrazaban y se besaban. La voz chillona continuaba comentando las imágenes en la pantalla: desfile de huelguistas, la comitiva de un presidente de Estado extranjero a través de París, bombardeos... Hubiera querido que esa voz se apagara de una vez por todas.

La idea de que se mantuviera inalterable, comentando catástrofes futuras sin la menor compasión, me daba escalofríos en la espalda. Ahora la acomodadora estaba sentada a horcajadas sobre las rodillas de su compañero y se sacudía con movimientos bruscos y un rechinar de resortes. Muy pronto, sus suspiros y gemidos acabaron por ahogar la voz aguda del locutor.

En la Cour de Rome hurgué en mis bolsillos para ver si aún me quedaba suficiente dinero. Diez francos. Podía tomar un taxi. Sería mucho más rápido que el metro: habría tenido que hacer transbordo en Opéra y cargar con la maleta por los pasillos.

El conductor se disponía a guardar la maleta en el maletero pero yo prefería conservarla conmigo. Bajamos por la Avenue de l'Opéra y continuamos por los muelles. París estaba desierta aquella noche, como una ciudad a la que abandonaba para siempre. Al llegar al Quai de la Tournelle temí haber perdido la llave de la habitación, pero se hallaba en uno de los bolsillos de mi impermeable.

Pasé por delante del pequeño mostrador de la recepción y pregunté al hombre que habitualmente se quedaba allí hasta la medianoche si había recibido alguna llamada para la habitación 3. Me respondió que no, pero aún no eran más que las diez menos diez.

Subí las escaleras sin que me hiciera la más mínima pregunta. Quizá me confundía con Van Bever. O bien consideraba que no valía la pena preocuparse por las idas y venidas de los huéspedes en un hotel condenado a un cierre inminente.

Dejé la puerta de la habitación entornada para oír mejor. Puse la maleta en el suelo y me tendí sobre la cama de Jacqueline. El olor a éter persistía tenazmente en la almohada. ¿Había vuelto a tomarlo? ¿Aquel olor estaría, más tarde, irremediablemente asociado a Jacqueline?

A partir de las diez, comencé a inquietarme: ella no llamaría y yo no volvería a verla. A menudo esperaba que las personas que había conocido desaparecieran de un momento a otro sin volver a dar nunca señales de vida. También yo solía faltar a las citas, e incluso aprovechaba un momento de distracción de algún acompañante ocasional para abandonarlo. Una puerta cochera de la Place Saint-Michel me había sido a menudo de inestimable ayuda. Una vez franqueada, un pasaje conducía nuevamente a la Rue de l'Hirondelle. Y había anotado en una pequeña libreta negra la lista de todos los edificios con dos salidas...

Oí la voz del hombre en la escalera: teléfono para la habitación 3. Apenas eran las diez y cuarto y ya había perdido las esperanzas.

Había huido de Cartaud. Se encontraba en el distrito XVII. Me preguntó si tenía la maleta conmigo. Yo debía guardar su ropa en una bolsa de viaje, recoger mis cosas del hotel de Lima y esperarla luego en el café Dante. Pero era imprescindible que abandonara cuanto antes el Quai de la Tournelle, ya que sería el primer sitio en el que la buscaría Cartaud. Había hablado con una voz muy serena, como si todo estuviera planeado de antemano en su cabeza.

Saqué del armario una vieja bolsa de viaje y metí dentro los dos pantalones, la chaqueta de cuero, un par de sujetadores, las alpargatas rojas, el jersey de cuello alto y los pocos objetos de tocador que había sobre la repisa del baño, entre ellos un frasco de éter. Solo quedaba la ropa de Van Bever. Dejé la luz encendida para que el portero creyera que la habitación aún estaba ocupada, y cerré la puerta. ¿A qué hora vendría Van Bever? Quizá se reuniría con nosotros en el café Dante. ¿Lo habría llamado ella a Forges o a Dieppe y le habría dicho lo mismo que a mí?

Bajé las escaleras sin pulsar el interruptor. Temía atraer la atención del portero con aquella bolsa de viaje y aquella maleta. Estaba inclinado sobre un periódico, parecía concentrado en los crucigramas. No pude evitar mirarlo al pasar junto a él, pero ni siquiera alzó la vista. Una vez en el Quai de la Tournelle, temí oírlo gritar a mis espaldas: Señor, señor... Regrese inmediatamente, por favor... También esperaba ver detenerse a mi lado el coche de Cartaud. Pero al llegar a la Rue des Bernardins recuperé la calma. Subí rápidamente a mi habitación y guardé en la bolsa de Jacqueline la poca ropa y los dos libros que me quedaban.

Luego bajé y pedí la cuenta. El portero de noche no me hizo ninguna pregunta. Fuera, en el Boulevard Saint-Germain, sentí la embriaguez habitual que me invadía cada vez que emprendía la fuga.

Me senté a una de las mesas del fondo y apoyé la maleta contra el banco. Nadie en la sala. Un solo cliente estaba acodado en la barra. Allí, contra la pared, encima de los estantes con paquetes de cigarrillos, las agujas del reloj marcaban las diez y media. A mi lado, el *flipper* se hallaba por primera vez silencioso. Ahora, estaba seguro de que ella vendría a la cita.

Entró, pero su mirada no me buscó de inmediato. Se dirigió al mostrador para comprar cigarrillos. Se sentó en el banco. Vio la maleta, luego apoyó los codos sobre la mesa y lanzó un largo suspiro.

—Logré deshacerme de él —me dijo.

Estaban cenando en un restaurante cercano a la Place Pereire, ella, Cartaud y otra pareja. Quería escabullirse al final de la comida, pero corría el riesgo de que la vieran dirigirse a la parada de taxis o la boca del metro a través del ventanal.

Habían salido del restaurante y se había visto obligada a subir al coche con ellos. La habían conducido al bar de un hotel cercano que se llamaba Les Marronniers a beber una última copa. Y había sido en Les Marronniers donde los había dejado plantados. Una vez en la calle, me había llamado desde un café del Boulevard de Courcelles.

Encendió un cigarrillo y empezó a toser. Puso su mano sobre la mía, como la había visto hacer con Van Bever en la Rue Cujas. Y continuaba to-siendo, con aquella tos que comenzaba a preocu-parme.

Le quité el cigarrillo de la mano y lo aplasté contra el cenicero. Me dijo:

—Tenemos que irnos de París. ¿Está de acuerdo?

Por supuesto que estaba de acuerdo.

—¿Adónde le gustaría ir? —pregunté.

—A cualquier sitio.

Estábamos cerca de la estación de Lyon. Bastaba seguir por el muelle hasta el Jardín Botáni-co y cruzar el Sena. Los dos habíamos tocado fon-do, y había llegado el momento de dar un salto en el fango para salir a la superficie. Allí, en Les Marron-niers, Cartaud habría comenzado a inquietarse por la ausencia de Jacqueline. Van Bever se hallaba qui-zás aún en Dieppe o en Forges.

—¿Y a Gérard, no lo esperamos? —le pre-gunté.

Me dijo que no con la cabeza y las líneas de su rostro se crisparon. Estaba a punto de llorar. Com-prendí que deseaba que nos fuéramos los dos solos para romper con una etapa de su vida. También yo dejaba atrás los años grises y opacos que había vivi-do hasta entonces.

Sentí deseos de decirle nuevamente: tal vez debiéramos esperar a Gérard. Guardé silencio. Una silueta con un abrigo de tweed quedaría fijada para siempre en el invierno de aquel año. Algunas palabras me vendrían a la memoria: el cinco neutro. Y tam-bién un hombre moreno en traje gris con el que apenas había coincidido unos minutos, y del que ya nunca sabría si era o no era dentista. Y los rostros cada vez más imprecisos de mis padres.

Saqué del bolsillo de mi impermeable la llave del apartamento del Boulevard Haussmann que ella me había entregado y la dejé sobre la mesa.

—¿Qué hacemos con ella?

—La guardamos de recuerdo.

Ya no quedaba nadie en la barra. En el silencio que nos rodeaba oía el chisporroteo de los neones. Proyectaban una luz que contrastaba con el negro de los cristales de las ventanas, una luz demasiado intensa, como una promesa de las primaveras y los veranos por venir.

—Deberíamos ir al sur...

Sentía cierto placer al pronunciarlo: el sur. Esa noche, en aquella sala desierta, bajo la luz de los neones, la vida no tenía aún el menor peso, y huir era tan fácil... Había pasado ya la medianoche. El dueño se acercó a nuestra mesa para decirnos que era la hora de cierre.

Dentro de la maleta hallamos dos fajos delgados de billetes de banco, un par de guantes, libros sobre cirugía dental y una grapadora. Jacqueline pareció desilusionada por el tamaño de los fajos.

Antes de partir hacia el sur y hacia Mallorca, decidimos pasar por Londres. Dejamos la maleta en la consigna de la estación del Norte.

Teníamos que esperar más de una hora en la cafetería hasta la salida del tren. Compré un sobre y un sello, y envié el ticket de la consigna a Cartaud, al número 160 del Boulevard Haussmann. Adjunté una nota en la que prometía devolverle el dinero en un futuro cercano.

En Londres, aquella primavera, era necesario ser mayor de edad y casado para hospedarse en un hotel. Terminamos en una casa de huéspedes de Bloomsbury, cuya dueña fingió tomarnos por hermanos. Nos ofreció una habitación que servía de sala de fumar o de lectura, y que estaba amueblada con tres sofás y una librería. No podíamos permanecer allí más de cinco días, con la condición de pagar por adelantado.

Luego, presentándonos en la recepción por separado, como si no nos conociéramos, conseguimos dos habitaciones en el Cumberland, cuya enorme fachada se alzaba sobre Marble Arch. Pero también de allí tuvimos que marcharnos a los dos días, porque advirtieron el engaño.

Realmente no sabíamos dónde alojarnos. Después de Marble Arch caminamos a lo largo de Hyde Park y seguimos por Sussex Gardens, una avenida que conducía a la estación de Paddington. En la acera de la izquierda se sucedían pequeños hoteles. Elegimos uno al azar y, esta vez, no nos pidieron documentación alguna.

La duda nos visitaba siempre a la misma hora, cada noche cuando regresábamos al hotel con la perspectiva de reencontrarnos con aquella habitación en la que vivíamos clandestinamente, mientras el dueño nos lo permitiera.

Antes de atravesar el umbral del hotel, caminábamos unos metros por Sussex Gardens. Ninguno de los dos sentía deseos de volver a París. A partir de ahora teníamos prohibido circular por el Quai de la Tournelle y el Barrio Latino. Naturalmente, París era grande, y habríamos podido cambiar de barrio sin correr el riesgo de cruzarnos con Gérard van Bever o Cartaud. Pero era mejor no volver sobre nuestros pasos.

¿Cuánto tiempo transcurrió antes de que conociéramos a Linda, a Peter Rachman y a Michael Savoundra? Quince días, tal vez. Quince días interminables durante los cuales llovió sin cesar. Íbamos al cine para huir de aquella habitación cuyas paredes empapeladas estaban sembradas de manchas de moho. Luego caminábamos, siempre por Oxford Street. Llegábamos hasta Bloomsbury, a la calle de la casa de huéspedes en la que habíamos pasado la primera noche en Londres. Y retomábamos Oxford Street en sentido inverso.

Procurábamos retrasar el momento de volver al hotel. No podíamos continuar caminando bajo la lluvia. Siempre teníamos el recurso de asistir a otra sesión de cine, o bien de entrar en una gran tienda o en un café. Pero finalmente debíamos reunir coraje y regresar al hotel.

Una tarde en que nos habíamos aventurado más lejos, hasta la margen opuesta del Támesis, sentí que me invadía el pánico. Era la hora punta: un río de gente de las afueras atravesaba el puente de Waterloo para dirigirse a la estación. Íbamos por el puente en sentido contrario y temí que nos hicieran cambiar de rumbo. Pero logramos oponerles resistencia. Nos sentamos en un banco de Trafalgar Square. No habíamos intercambiado una sola palabra durante todo el trayecto.

—¿Te sientes mal? —me preguntó Jacqueline—. Estás pálido...

Me sonreía. Yo advertía su esfuerzo por conservar la sangre fría. La perspectiva de caminar de regreso al hotel entre el gentío de Oxford Street me agobiaba. No me atrevía a preguntarle si sentía el mismo temor. Dije:

—¿No te parece una ciudad demasiado grande?

También yo intentaba sonreír. Ella me miraba con el ceño fruncido.

—Es una ciudad demasiado grande y no conocemos a nadie...

Mi voz estaba en blanco. No podía articular una sola palabra.

Ella había encendido un cigarrillo. Llevaba su chaqueta de cuero demasiado liviana y tosía un poco, como en París. Yo echaba de menos el Quai de la Tournelle, el Boulevard Haussmann y la estación de Saint-Lazare.

—En París era más fácil...

Pero había hablado tan bajo que me preguntaba si me había oído. Estaba absorta en sus pensamientos. Había olvidado mi presencia. Frente a nosotros, una cabina telefónica roja, de la que acababa de salir una mujer.

—Es una lástima que no tengamos a nadie a quien llamar... —le dije.

Se volvió hacia mí y puso su mano en mi brazo. Se había sobrepuesto a la desazón que la había invadido poco antes, cuando caminábamos por el Strand hacia Trafalgar Square.

—Solo necesitamos un poco de dinero para ir a Mallorca...

Era su idea fija desde que la conocía, y desde que había visto la dirección en el sobre.

—En Mallorca estaremos tranquilos. Podrás escribir tus libros...

En una ocasión le había confesado que me gustaría escribir libros algún día, pero no habíamos vuelto a hablar del tema. Quizá lo mencionaba ahora para reconfortarme. Decididamente, tenía más sangre fría que yo.

Yo quería saber, de todos modos, de qué manera pensaba obtener el dinero. No pareció desconcertarse:

—No hay nada mejor que las grandes ciudades para conseguir dinero... Imagínate que estuviéramos en un lugar perdido en medio del campo...

Por supuesto, tenía razón. De pronto, Trafalgar Square me resultaba un lugar mucho más tranquilizador. El agua que caía de las fuentes me serenaba. No estábamos condenados a permanecer eternamente en aquella ciudad y a sumergirnos en el gentío de Oxford Street. Teníamos un objetivo muy simple: conseguir un poco de dinero para ir a Mallorca. Era como la estrategia de Van Bever. Había tantas calles y encrucijadas a nuestro alrededor que las probabilidades aumentaban, y finalmente terminaríamos por provocar un feliz azar.

Ahora evitábamos Oxford Street y las calles del centro y nos dirigíamos siempre hacia el oeste, hacia Holland Park y el barrio de Kensington.

Una tarde, en la estación de metro de Holland Park, nos hicimos una fotografía en un fotomatón. Habíamos posado con nuestros rostros tocándose. Todavía conservo aquel recuerdo. La cara de Jacqueline aparece en primer plano, y la mía, un poco más atrás, está cortada por el borde de la fotografía, de modo que me falta la oreja izquierda. Después del *flash* no podíamos parar de reírnos y ella quería quedarse en la cabina, sobre mis rodillas. Luego habíamos caminado por la avenida que bordea Holland Park, a lo largo de esas grandes casas blancas con sus pórticos. Por primera vez desde nuestra llegada a Londres había salido el sol, y me parece que a partir de aquella tarde comenzó el calor y el buen tiempo, un verano precoz.

A la hora del desayuno, en un café de Notting Hill Gate, habíamos conocido a una tal Linda Jacobsen. Fue ella quien se acercó a nosotros. Una chica de nuestra edad, de largo cabello castaño, con altos pómulos y ojos azules ligeramente oblicuos.

Quería saber de qué región de Francia proveníamos. Hablaba lentamente, como si dudara a cada palabra, de modo que era fácil mantener una conversación en inglés con ella. Pareció asombrada de que viviéramos en uno de esos hoteles miserables de Sussex Gardens. Pero le explicamos que no teníamos elección por ser menores de edad.

Al día siguiente volvimos a coincidir en el café y se sentó a nuestra mesa. Nos preguntó si nos quedaríamos mucho tiempo en Londres. Para mi gran sorpresa, Jacqueline le dijo que pensábamos quedarnos varios meses e incluso buscar trabajo.

—Pero entonces no pueden seguir viviendo en ese hotel...

Cada noche sentíamos deseos de marcharnos, a causa del olor que flotaba en la habitación, un olor dulzón que ignoraba si procedía de las cloacas, de alguna cocina o de la moqueta podrida. Por la mañana dábamos un largo paseo por Hyde Park para deshacernos de aquel olor que impregnaba nuestra ropa. Desaparecía, pero regresaba a lo largo del día; yo le preguntaba a Jacqueline:

—¿Sientes el olor?

Me entristecía pensar que nos perseguiría toda la vida.

—Lo que es terrible —le dijo Jacqueline en francés— es el olor del hotel...

Tuve que traducir, mal que bien. Linda acabó por comprender. Nos preguntó si contábamos con algo de dinero. De los dos fajos delgados de la maleta solo nos quedaba uno.

—No mucho —dije.

Nos miraba primero a uno y después al otro. Nos sonreía. Nunca dejaba de asombrarme el hecho de que la gente nos demostrara simpatía. Bastante tiempo después encontré, en el fondo de una caja de zapatos llena de viejas cartas, la fotografía de Holland Park, y me conmovió la ingenuidad de nuestros rostros. Inspirábamos confianza. No teníamos ningún mérito, salvo aquel que la juventud otorga por muy poco tiempo a cualquiera, como una vaga promesa que jamás será cumplida.

—Conozco a un amigo que podría ayudarlos. Se lo presentaré mañana.

A menudo se daban cita en aquel café. Ella vivía muy cerca de allí y él, su amigo, tenía una oficina un poco más allá, hacia Westbourne Grove, la avenida donde estaban los dos cines que frecuentábamos Jacqueline y yo. Íbamos a la última sesión, para retrasar nuestro regreso al hotel, y no nos importaba ver todas las noches las mismas películas.

Al día siguiente, cerca del mediodía, estábamos en compañía de Linda cuando Peter Rachman entró en el café. Se sentó a nuestra mesa sin darnos siquiera los buenos días. Fumaba un puro y dejaba caer las cenizas sobre la solapa de su chaqueta.

Me sorprendió su aspecto físico: parecía viejo, pero no tenía más de cuarenta años. Era de mediana estatura, muy corpulento, el rostro redondo, la frente y el cráneo despoblados, y llevaba unas gafas con montura de carey. Sus manos de niño contrastaban con su gran envergadura.

Linda le estaba exponiendo nuestra situación, pero hablaba demasiado rápido como para que pudiera entenderla. Él miraba fijamente a Jacqueline con sus pequeños ojos fruncidos. De vez en cuando daba una calada nerviosa a su puro y lanzaba el humo al rostro de Linda.

Ella dejó de hablar y él nos sonrió a Jacqueline y a mí. Sin embargo, su mirada permanecía fría. Me preguntó el nombre del hotel de Sussex Gardens. Le dije: el Radnor. Soltó una breve carcajada:

—No es necesario pagar la cuenta... Soy el propietario... Le dirán al portero, de mi parte, que están eximidos del pago...

Se volvió hacia Jacqueline:

—¿Cómo es posible que una mujer tan bonita viva en el Radnor?

Se había esforzado por hablar en un tono mundano y aquello le había provocado risa.

—¿Se dedica a la hostelería?

No respondió a mi pregunta. Nuevamente lanzó el humo de su puro al rostro de Linda. Se encogió de hombros.

—*Don't worry...*

Repetía a menudo esa frase y se la dirigía a sí mismo. Se puso de pie para ir hacia el teléfono. Linda advirtió que estábamos un poco desconcertados y quiso darnos algunas explicaciones. El tal Peter Rachman se dedicaba a la compraventa de inmuebles. «Inmuebles» era en realidad una palabra excesiva para aludir a aquellas habitaciones vetustas y aquellos tugurios que se encontraban generalmente en las afueras, en los barrios de Bayswater y Notting Hill. Ella no sabía exactamente en qué consistían sus negocios. Pero, bajo aquella apariencia brutal, era —quería que lo supiéramos de inmediato— un tipo bastante chic.

El Jaguar de Rachman estaba aparcado un poco más lejos. Linda ocupó el asiento delantero. Se volvió hacia nosotros:

—Pueden venir a vivir conmigo mientras esperan a que Peter les consiga otro lugar...

Arrancó y condujo a lo largo de Kensington Gardens. Luego siguió por Sussex Gardens. Se detuvo delante del hotel Radnor.

—Vayan a hacer el equipaje —nos dijo—. Y, sobre todo, no paguen la cuenta...

No había nadie en la recepción. Descolgué la llave de nuestra habitación. Desde que vivíamos allí dejábamos nuestra ropa dentro de la bolsa de viaje. La recogí y bajamos enseguida. Rachman paseaba arriba y abajo delante del hotel, con el puro en la boca y las manos en los bolsillos de su chaqueta.

—¿Contentos de abandonar el Radnor?

Abrió el maletero del Jaguar y metí dentro la bolsa de viaje. Antes de arrancar le dijo a Linda:

—Debo pasar un momento por el Lido. Luego los llevaré...

Yo percibía aún el olor dulzón del hotel y me preguntaba cuántos días tardaría en desaparecer definitivamente de nuestras vidas.

El Lido era un balneario situado en Hyde Park, junto al Serpentine. Rachman compró cuatro tickets en la entrada.

—Es curioso... Se parece a la piscina Deligny —le dije a Jacqueline.

Pero después de entrar desembocamos en una especie de playa fluvial, en cuya orilla se hallaban dispuestas algunas mesas con sombrillas. Rachman eligió una, a la sombra. Conservaba siempre el puro en la boca. Nos sentamos. Se enjugaba la frente y el cuello con un gran pañuelo blanco. Se volvió hacia Jacqueline:

—Puede bañarse...

—No tengo traje de baño —dijo Jacqueline.

—Podemos conseguirle uno...

—No vale la pena —dijo Linda en un tono cortante—. No tiene deseos de bañarse.

Rachman bajó la cabeza. Continuaba enjugándose la frente y el cuello.

—¿Desean beber un refresco? —propuso.

Luego, a Linda:

—He quedado en encontrarme con Savoundra aquí.

Ese nombre me hacía pensar en una figura exótica, esperaba ver aproximarse a nuestra mesa a una mujer hindú vestida con un sari.

Pero fue un hombre rubio de unos treinta años quien agitó el brazo en nuestra dirección y vino a dar una palmada en el hombro de Rachman. Se presentó a Jacqueline y a mí:

—Michael Savoundra.

Linda le dijo que éramos franceses.

Fue a buscar una silla a una de las mesas vecinas y se sentó junto a Rachman.

—Y ¿qué hay de nuevo? —le preguntó Rachman clavándole sus pequeños ojos fríos.

—Sigo trabajando en el guion... Ya veremos...

—Sí, como dice usted, ya veremos...

Rachman había adquirido un tono despectivo. Savoundra cruzó los brazos y detuvo su mirada en Jacqueline y en mí.

—¿Hace mucho que están en Londres? —preguntó en francés.

—Tres semanas —le dije.

Parecía muy interesado en Jacqueline.

—Viví un tiempo en París —dijo en su torpe francés—. En el hotel de la Louisiane, en la Rue de Seine... Quería hacer un film en París...

—Desgraciadamente no funcionó —dijo Rachman con su tono despectivo, y me sorprendió que hubiera comprendido la frase en francés.

Se hizo un instante de silencio.

—Pero estoy segura de que esta vez funcionará —dijo Linda—. ¿No es cierto, Peter?

Rachman se encogió de hombros. Savoundra, molesto, le preguntó a Jacqueline, siempre en francés:

—¿Vive en París?

—Sí —me apresuré a responder—, no muy lejos del hotel de la Louisiane.

Jacqueline interceptó mi mirada. Me guiñó un ojo. Me invadió un deseo repentino de hallarme frente al hotel de la Louisiane, de alcanzar el Sena y caminar junto a los puestos de los libreros hasta el Quai de la Tournelle. ¿Por qué esa inesperada nostalgia de París?

Rachman le hizo una pregunta a Savoundra y este respondió de un modo muy locuaz. Linda participaba en la conversación. Pero yo ya no me esforzaba por comprender. Y parecía evidente que tampoco Jacqueline prestaba atención a sus palabras. Era el momento del día en que solíamos adormecernos, pues dormíamos muy mal en el hotel Radnor, apenas cuatro o cinco horas cada noche. Y como salíamos por la mañana temprano y regresábamos lo más tarde posible, nos echábamos la siesta sobre el césped de Hyde Park.

Seguían hablando. A veces, Jacqueline entrecerraba los ojos y yo también, temía quedarme dormido. Pero nos dábamos pequeños puntapiés por debajo de la mesa cuando advertíamos que uno de los dos estaba a punto de dejarse vencer por el sueño.

Debí de adormecerme unos instantes. El murmullo de la conversación se confundía con las risas y los gritos de la playa, el ruido de las zambullidas. ¿Dónde estábamos? ¿A orillas del Marne o del lago de Enghien? Aquel lugar se asemejaba a otro Lido, el de Chennevières, y al Sporting de La Varenne. Esa noche regresaríamos a París, Jacqueline y yo, en el tren de Vincennes.

Alguien me dio una fuerte palmada en el hombro. Era Rachman.

—¿Cansado?

Frente a mí, Jacqueline se esforzaba por mantener los ojos bien abiertos.

—No creo que hayan dormido demasiado en mi hotel —dijo Rachman.

—¿Dónde se alojaban? —preguntó Savoundra en francés.

—En un lugar mucho menos confortable que el hotel de la Louisiane —le dije.

—Afortunadamente nos hemos conocido —dijo Linda—. Vendrán a vivir conmigo...

Sentía curiosidad por saber por qué se mostraban tan solícitos. Savoundra no apartaba su mirada de Jacqueline, pero ella lo ignoraba, o bien fingía ignorarlo. Yo le encontraba cierto parecido con un actor americano cuyo nombre no conseguía recordar. Por supuesto. Joseph Cotten.

—Ya verán —dijo Linda—. Estarán muy cómodos en mi casa...

—De todos modos —dijo Rachman—, apartamentos es lo que sobra. Puedo prestarles uno, la semana próxima...

Savoundra nos observaba con interés. Se dirigió a Jacqueline:

—¿Son hermanos? —preguntó en inglés.

—No tienes suerte, Michael —dijo Rachman con una voz glacial—. Son marido y mujer.

A la salida del Lido, Savoundra nos estrechó la mano.

—Espero volver a verlos muy pronto —dijo en francés.

Luego le preguntó a Rachman si había leído su guion.

—Aún no. Necesito tiempo. Apenas sé leer...

Y soltó una breve carcajada, los ojos siempre tan fríos detrás de sus gafas de carey.

Para disipar el malestar, Savoundra se dirigió a Jacqueline y a mí:

—Me gustaría mucho que leyeran ese guion. Hay escenas que tienen lugar en París, y podrían corregir mis faltas de francés.

—Buena idea —dijo Rachman—. Que lo lean... Así podrán hacerme un resumen...

Savoundra se había alejado por un sendero de Hyde Park y nuevamente nos hallábamos sentados en el asiento trasero del Jaguar de Rachman.

—¿Es bueno el guion? —pregunté.

—Oh, sí, estoy segura de que debe de ser muy bueno —dijo Linda.

—Pueden leerlo. Está ahí, en el suelo.

En efecto, había una carpeta beige bajo nuestro asiento. La recogí y la puse sobre mis rodillas.

—Quiere que le dé treinta mil libras para hacer su película —dijo Rachman—. Es demasiado para un guion que nunca leeré...

Estábamos otra vez en el barrio de Sussex Gardens. Temí que nos acompañara de vuelta al hotel y, de nuevo, percibí el olor dulzón del pasillo y de la habitación. Pero Rachman continuó hacia Notting Hill. Dobló a la derecha, en dirección a la avenida de los cines, y tomó una calle bordeada de árboles y blancas casas con pórticos. Se detuvo delante de una de ellas.

Bajamos del automóvil con Linda. Rachman permaneció al volante. Saqué la bolsa de viaje del maletero y Linda abrió la puerta de hierro forjado. Una escalera muy empinada. Linda nos precedía. Dos puertas, una a cada lado del rellano. Linda abrió la de la izquierda. Una habitación de paredes blancas. Las ventanas daban a la calle. Ningún mueble. Un gran colchón sobre el suelo. La pieza contigua era un cuarto de baño.

—Estarán bien aquí —dijo Linda.

Por la ventana veía el automóvil negro de Rachman en medio de un charco de sol.

—Es usted muy amable —le dije.

—No... Es Peter... Es suyo... Tiene muchos apartamentos...

Quiso enseñarnos su habitación. Se accedía por la otra puerta del rellano. Había discos y ropa diseminados sobre la cama y el parqué. Un olor flotaba en el aire, tan penetrante como el del hotel Radnor, pero más dulce: el olor del hachís.

—Disculpen el desorden —dijo Linda.

Rachman había bajado del automóvil y aguardaba delante de la entrada de la casa. Otra vez se enjugaba la frente y el cuello con su pañuelo blanco.

—Sin duda necesitan algo de dinero.

Y nos tendió un sobre celeste. Iba a decirle que no era necesario, pero Jacqueline tomó el sobre como si aquello le pareciera lo más natural del mundo.

—Se lo agradezco mucho —dijo—. Se lo devolveremos lo antes posible.

—Así lo espero —dijo Rachman—. Con intereses... De todos modos, me lo devolverán en especie...

Se sacudió en una breve carcajada.

Linda me tendió un pequeño manojo de llaves.

—Hay dos —dijo—. Una para la puerta de la calle, otra para el apartamento.

Subieron al coche. Y antes de que Rachman arrancara, Linda bajó el cristal de la ventanilla:

—Les dejo la dirección del apartamento, por si se pierden...

La había escrito en el dorso del sobre azul: 22 Chepstow Villas.

De vuelta en la habitación, Jacqueline abrió el sobre. Contenía cien libras.

—No debimos haber aceptado ese dinero —le dije.

—Claro que sí... Lo necesitamos para ir a Mallorca...

Se daba cuenta de que yo no estaba convencido.

—Nos hacen falta unos veinte mil francos para encontrar una casa y vivir en Mallorca... Una vez que estemos allí, ya no necesitaremos de nadie...

Entró en el cuarto de baño. Oí correr el agua en la bañera.

—Es maravilloso —me dijo—. Hacía tanto tiempo que no tomaba un baño...

Yo estaba tendido sobre el colchón. Hacía esfuerzos para no dormirme. La oía bañarse. Al cabo de un momento, me dijo:

—Ya verás qué agradable, el agua caliente...

En el lavabo de nuestra habitación, en el hotel Radnor, solo corría un hilo de agua fría.

El sobre celeste se hallaba a mi lado encima del colchón. Me dejaba vencer por un dulce sopor que disolvía mis escrúpulos.

Hacia las siete de la tarde nos despertó una música jamaicana que venía de la habitación de Linda. Antes de bajar las escaleras llamé a su puerta. Podía percibir el olor del hachís.

Abrió, al cabo de un buen rato. Llevaba un albornoz rojo. Asomó su cabeza por el vano de la puerta:

—Perdonen... Estoy con alguien...

—Solo queríamos desearle buenas noches —dijo Jacqueline.

Linda dudó un instante, luego se resolvió a hablar:

—¿Puedo confiar en ustedes? Cuando veamos a Peter, no quiero que se entere de que recibo a alguien aquí... Es muy celoso... La última vez llegó de improviso y casi destroza todo y me arroja por la ventana.

—¿Y si viene esta noche? —dije.

—Se ha marchado un par de días. Fue a la costa, a Blackpool, a comprar viejas barracas.

—¿Por qué Rachman es tan gentil con nosotros? —preguntó Jacqueline.

—A Peter le agradan los jóvenes. Por lo general no trata a nadie de su edad. Solo le gustan los jóvenes...

Una voz de hombre la llamaba, una voz sorda que la música apenas dejaba oír.

—Si me disculpan... Hasta luego... Y siéntanse como si estuvieran en su casa.

Sonrió y cerró la puerta. Habían subido el volumen de la música y desde la calle aún podíamos oírla, a lo lejos.

—De todos modos ese Rachman me parece un tipo raro —le dije a Jacqueline.

Se encogió de hombros.

—A mí me tiene sin cuidado...

Era como si ya hubiera conocido a hombres de esa clase y lo juzgara totalmente inofensivo.

—En todo caso, le gustan los jóvenes...

Yo había pronunciado aquella frase en un tono lúgubre que la hizo reír. Había caído la noche. Ella me había tomado del brazo y yo no quería hacerme más preguntas ni preocuparme por el futuro. Caminábamos hacia Kensington por callejuelas tranquilas y provincianas. Pasó un taxi y Jacqueline alzó el brazo para detenerlo. Le dio la dirección de un restaurante italiano de Knightsbridge que había descubierto durante uno de nuestros paseos. Entonces había dicho que iríamos a cenar allí, cuando fuéramos ricos.

El apartamento estaba en silencio y no se veía luz bajo la puerta de la habitación de Linda. Entreabrimos la ventana. Ningún ruido en la calle. Enfrente, bajo las hojas de los árboles, una cabina telefónica roja y vacía se hallaba iluminada.

Esa noche, teníamos la impresión de vivir en aquel apartamento desde hacía mucho tiempo. Me dispuse a leer el guion de Michael Savoundra, que había dejado en el suelo. Llevaba por título *Blackpool Sunday*. Los dos protagonistas, una chica y un muchacho de veinte años, deambulaban por las afueras de Londres. Frecuentaban el Lido a orillas del Serpentine y la playa de Blackpool en el mes de agosto. Eran de origen humilde y hablaban con acento *cock-*

ney. Luego abandonaban Inglaterra. Reaparecían en París, y más tarde en una isla del Mediterráneo que podía ser Mallorca, en la que habían hallado finalmente la «verdadera vida». A medida que avanzaba en mi lectura, iba resumiendo el argumento a Jacqueline. La intención de Savoundra, tal como expresaba en el prólogo, era filmar aquella película como si se tratara de un documental, con una chica y un muchacho que no fueran actores profesionales.

Recordaba que él me había propuesto corregir las faltas del francés, en la parte del guion que transcurría en París. Había algunas, y algunos errores también, mínimos, en lo que respectaba a las calles del barrio de Saint-Germain-des-Prés. A lo largo de las páginas imaginaba detalles que se podían añadir y otros que se podían modificar. Quería hablarle de ello a Savoundra y tal vez, si estaba de acuerdo, trabajar con él en *Blackpool Sunday*.

Los días siguientes, no tuve la oportunidad de ver a Michael Savoundra. La lectura de *Blackpool Sunday* me había despertado el deseo de escribir una historia. Una mañana me levanté muy temprano y salí procurando hacer el menor ruido posible para no interrumpir el sueño de Jacqueline, que se prolongaba por lo general hasta el mediodía.

Compré un bloc de papel de cartas en una tienda de Notting Hill Gate. Luego continué caminando por Holland Park Avenue, en una mañana estival. Sí, durante nuestra estancia en Londres nos hallábamos en pleno verano. De modo que el recuerdo que guardo de Peter Rachman es una silueta negra y compacta, a contraluz, a orillas del Serpentine. No distingo los rasgos de su rostro, tan nítido es el contraste entre el sol y la sombra. Estallidos de risa. Ruidos de zambullidas. Y esas voces playeras, límpidas y lejanas, bajo el efecto del sol, la bruma y el calor. La voz de Linda. La voz de Michael Savoundra que pregunta a Jacqueline:

—¿Hace mucho tiempo que están en Londres?

Me senté en una cafetería cerca de Holland Park. No tenía la menor idea de la historia que quería contar. Me figuraba que solo era cuestión de juntar varias frases al azar. Como hacer funcionar una bomba de agua o poner en marcha un motor gripado.

A medida que escribía las primeras palabras era consciente de la influencia que ejercía sobre mí *Blackpool Sunday*. Pero poco importaba que el guion de Savoundra me sirviera de trampolín. Los dos protagonistas llegan a la estación del Norte una tarde de invierno. Es la primera vez en su vida que están en París. Caminan largo rato por el barrio, en busca de un hotel. Encuentran uno en el Boulevard de Magenta, cuyo conserje acepta alojarlos: el hotel de Inglaterra y Bélgica. En el hotel vecino, el de Londres y Anvers, les han negado una habitación con el pretexto de que son menores.

No abandonan el barrio, como si temieran aventurarse más lejos. Por la noche, en el café de la esquina de las calles Compiègne y Dunkerque, justo frente a la estación del Norte, están sentados en una mesa vecina a la de una pareja extranjera, los Charell, de quienes cabe preguntarse qué diablos pueden estar haciendo allí: ella, una mujer rubia de aspecto muy elegante, y él, un moreno que habla en voz baja. La pareja los invita a un apartamento en el Boulevard de Magenta, no muy lejos de su hotel. Las habitaciones están en penumbra. Madame Charell les sirve un licor...

En aquel punto me detuve. Tres páginas y media. Los protagonistas de *Blackpool Sunday*, apenas llegados a París, se instalaban en Saint-Germain-des-Prés, en el hotel de la Louisiane. Y yo les impedía cruzar el Sena y los dejaba hundirse y perderse en el barrio de la estación del Norte.

Los Charell no existían en el guion de Savoundra. Otra licencia de mi parte. Estaba impaciente por
escribir la continuación, pero era todavía demasiado
novato y perezoso como para concentrarme más de
una hora y redactar más de tres páginas por día.

Cada mañana iba a escribir cerca de Holland Park, y ya no estaba en Londres sino delante de la estación del Norte, caminando por el Boulevard de Magenta. Hoy, treinta años más tarde, en París, trato de evadirme de este mes de julio de 1994 hacia ese otro verano en el que la brisa acariciaba suavemente las hojas de los árboles de Holland Park. No he vuelto a ver contrastes de luz y sombra tan intensos.

Había logrado librarme de la influencia de *Blackpool Sunday*, pero le agradecía a Michael Savoundra el haber actuado como un detonador. Le pregunté a Linda si podía volver a verlo. Nos encontramos una noche él, Jacqueline, Linda y yo en el café Rio de Notting Hill, un lugar frecuentado por jamaicanos. Aquella noche, éramos los únicos blancos, pero Linda conocía bien el lugar. Era allí, creo, donde conseguía el hachís cuyo olor impregnaba las paredes del apartamento.

Le dije a Savoundra que había corregido las faltas del francés en la parte del guion que transcurría en Saint-Germain-des-Prés. Estaba preocupado. Se preguntaba si Rachman le daría finalmente el dinero y si no sería más conveniente ponerse en contacto con algún productor de París. En París confiaban en los «jóvenes»...

—Pero parece que a Rachman también le gustan los jóvenes —le hice notar.

Y miré a Jacqueline, que me sonrió. Linda repitió con un aire pensativo:

—Es verdad... Le gustan los jóvenes...

Un jamaicano de unos treinta años y corta estatura, con el aspecto de un jockey, vino a sentarse a su lado. Le rodeó los hombros con su brazo. Ella nos lo presentó:

—Edgerose...

He recordado su nombre, después de todos estos años. Edgerose. Nos dijo que estaba encantado de conocernos. Reconocí la voz sorda de aquel que llamaba a Linda, detrás de la puerta, en su habitación.

Y en el momento en que Edgerose me explicaba que era músico y que venía de una gira por Suecia, Peter Rachman hizo su aparición. Caminaba hacia nuestra mesa, la mirada fija detrás de sus gafas de carey. Linda se sobresaltó.

Se plantó delante de ella y le dio una bofetada con el dorso de la mano.

Edgerose se puso en pie y pellizcó la mejilla izquierda de Rachman con su pulgar y su índice. Rachman sacudió la cabeza para desasirse y perdió sus gafas de concha. Savoundra y yo intentábamos separarlos. Los otros clientes jamaicanos ya rodeaban nuestra mesa. Jacqueline conservaba su sangre fría y parecía completamente indiferente a la escena. Había encendido un cigarrillo.

Edgerose sujetaba a Rachman por la mejilla y lo llevaba hacia la salida, como un profesor que expulsa de su clase a un alumno rebelde. Rachman trataba de liberarse, y con un movimiento brusco del brazo izquierdo le dio un puñetazo en la nariz.

Edgerose lo soltó. Rachman abrió la puerta del café y se quedó inmóvil en medio de la acera.

Me acerqué y le entregué las gafas de carey que había recogido del suelo. Parecía haberse calmado súbitamente. Se acariciaba la mejilla.

—Gracias, amigo —me dijo—. No vale la pena meterse en líos por una puta inglesa...

Había sacado del bolsillo de su chaqueta el pañuelo blanco y limpiaba con cuidado los cristales de las gafas. Luego se las puso con un gesto ceremonioso, ajustándose las patillas con las dos manos.

Se subió al Jaguar. Antes de arrancar, bajó la ventanilla:

—Lo único que le deseo, amigo, es que su novia no sea como todas esas putas inglesas...

En la mesa guardaban silencio. Linda y Michael Savoundra parecían preocupados. Edgerose fumaba tranquilamente un cigarrillo. Una gota de sangre le caía de un lado de la nariz.

—Peter estará con un humor de perros —dijo Savoundra.

—Le durará unos días —dijo Linda alzando los hombros—. Ya se le pasará.

Jacqueline y yo intercambiamos una mirada. Sentí que nos hacíamos las mismas preguntas: ¿era necesario continuar viviendo en Chepstow Villas?, ¿y qué hacíamos exactamente en compañía de aquellas tres personas? Los amigos jamaicanos de Edgerose se acercaban a saludarlo, y cada vez había más gente y más ruido en aquel local. Con los ojos cerrados, uno habría podido creer que estaba en el café Dante.

Michael Savoundra quiso acompañarnos una parte del camino. Habíamos dejado a Linda, Edgerose y sus amigos, que habían terminado por ignorarnos, como si fuéramos intrusos.

Savoundra caminaba entre Jacqueline y yo.

—Deben de echar de menos París —dijo.

—No, la verdad es que no —dijo Jacqueline.

—Para mí es distinto —le dije—. Cada mañana estoy en París.

Y le expliqué que estaba escribiendo una novela, y que la primera parte se desarrollaba en el barrio de la estación del Norte.

—Me he inspirado en *Blackpool Sunday* —le confesé—. Se trata también de dos jóvenes...

Pero no pareció tomarme en serio. Nos miró, primero a uno y luego al otro.

—¿Es la historia de ustedes dos?

—No exactamente —le dije.

Estaba preocupado. Se preguntaba si al fin saldría adelante el trato con Rachman. Este era tan capaz de darle las treinta mil libras en efectivo dentro de una maleta a la mañana siguiente, sin haber siquiera leído el guion, como de decirle que no mientras le echaba el humo de su cigarro a la cara.

La escena que acabábamos de presenciar —nos confesó— se repetía con frecuencia. En el fondo, Rachman se divertía. Era un modo de distraerse de su neurastenia. Habría podido escribirse una novela sobre su vida. Rachman había llegado a Londres inmediatamente después de la guerra, entre otros refugiados que venían del Este. Había nacido en algún lugar en las confusas fronteras de Austria-Hungría, Polonia y Rusia, en una de esas pequeñas ciudades de guarnición que habían cambiado varias veces de nombre.

—Debería interrogarlo —me dijo Savoundra—. Quizás a usted le responda...

Habíamos llegado a Westbourne Grove. Savoundra llamó a un taxi:

—Disculpen que no los acompañe, pero estoy muerto de cansancio...

Antes de meterse en el taxi, escribió sobre un paquete de cigarrillos vacío su dirección y su número de teléfono. Esperaba que yo lo llamara lo antes posible, para que revisáramos juntos las correcciones de *Blackpool Sunday*.

Estábamos otra vez solos, los dos.

—Podríamos dar un paseo antes de volver —le dije a Jacqueline.

¿Quién nos esperaba en Chepstow Villas? ¿Rachman arrojando los muebles del apartamento por la ventana, como nos había contado Linda? O tal vez estuviera escondido para sorprenderlos, a ella y a sus amigos jamaicanos.

Llegamos hasta una plaza cuyo nombre he olvidado. Estaba cerca del apartamento y muchas veces consulté el plano de Londres para ubicarla. ¿Era Ladbroke Square, o quedaba más lejos, en la zona de Bayswater? Las fachadas de las casas que la rodeaban estaban a oscuras, pero incluso si aquella noche hubieran apagado las farolas de la calle habríamos podido guiarnos a la luz de la luna llena.

Alguien había dejado la llave puesta en la cerradura de la verja. La abrí, entramos en la plaza y eché la llave por dentro. Estábamos encerrados allí y nadie más podía entrar. Una gran frescura nos acogió, como si nos hubiéramos aventurado por un camino en un bosque. El follaje de los árboles sobre nuestras cabezas era tan tupido que apenas dejaba pasar la luz de la luna. El césped no había sido cortado en mucho tiempo. Descubrimos un banco de madera rodeado de grava. Nos sentamos. Mis ojos se habituaban a la penumbra y distinguía, en medio de la plaza, un pedestal sobre el que se alzaba la silueta de un animal abandonado. Me preguntaba si se trataría de una leona, un jaguar o simplemente un perro.

—Se está bien aquí —me dijo Jacqueline.

Apoyó su cabeza en mi hombro. Las copas de los árboles ocultaban las casas que rodeaban la plaza. Ya no sentíamos el calor agobiante que desde hacía unos días aplastaba Londres, esa ciudad en la que bastaba doblar una esquina para desembocar en una selva.

Sí, como decía Savoundra, yo habría podido escribir una novela sobre Rachman. Una frase que había lanzado a Jacqueline en tono de broma, el primer día, me había inquietado:

—Me lo devolverán en especie...

Fue cuando ella aceptó el sobre que contenía las cien libras. Una tarde estuve paseando solo por Hampstead porque Jacqueline había querido salir de compras con Linda. Regresé al apartamento a eso de las siete de la tarde. Jacqueline estaba sola. Sobre la cama había un sobre, del mismo color y el mismo tamaño que el primero, pero este contenía trescientas libras. Jacqueline parecía molesta. Había esperado a Linda toda la tarde, pero Linda no había aparecido. Rachman se había pasado por allí. También él había estado esperando a Linda. Le había dado ese sobre que ella había aceptado. Y yo me dije, aquella noche, que ella se lo había devuelto en especie.

Un olor a Synthol flotaba por la habitación. Rachman siempre llevaba consigo un frasco de aquel remedio. Por las confidencias de Linda, me hallaba al corriente de sus costumbres. Cuando iba a un restaurante llevaba sus propios cubiertos y visitaba la cocina antes de la comida para verificar que estuviera limpia. Se bañaba tres veces por día y se friccionaba con Synthol. En los cafés pedía una botella de agua mineral que exigía abrir él mismo, y bebía directamente de ella para evitar que sus labios se posaran sobre un vaso que hubiera sido mal lavado.

Mantenía a chicas mucho más jóvenes que él y las instalaba en apartamentos similares al de Chepstow Villas. Iba a verlas por las tardes y, sin quitarse la ropa, sin ningún preliminar, exigiéndoles que le dieran la espalda, las penetraba con toda rapidez, de un modo frío y mecánico, como si se cepillara los dientes. Luego jugaba una partida de ajedrez con ellas, sobre un pequeño tablero que siempre transportaba en su maletín negro.

Ahora estábamos solos en el apartamento. Linda había desaparecido. Por las noches ya no oíamos música jamaicana ni risas. Nos encontrábamos un poco perdidos, nos habíamos habituado al rayo de luz que se filtraba por debajo de la puerta de Linda. Intenté, en varias ocasiones, llamar a Michael Savoundra, pero nadie respondía.

Era como si nunca los hubiéramos conocido. Se habían desvanecido y nosotros habíamos acabado por no poder explicarnos muy bien nuestra presencia en aquella habitación. Hasta teníamos la impresión de haber entrado allí por la fuerza.

Por las mañanas, escribía una o dos páginas de mi novela y pasaba por el Lido, para ver si Peter Rachman estaba sentado a la misma mesa que la otra vez, en la playa, a orillas del Serpentine. Pero no. Y el hombre de la taquilla no conocía a ningún Peter Rachman. Me dirigí al domicilio de Michael Savoundra, en Walton Street. Toqué el timbre sin obtener respuesta y entré en la pastelería de la planta baja, en cuyo letrero figuraba el nombre de un tal Justin de Blancke. ¿Por qué ese nombre se quedó grabado en mi memoria? Justin de Blancke tampoco pudo informarme acerca de Savoundra. Creía haberlo visto alguna que otra vez. Sí, un rubio que se parecía a Joseph Cotten. Pero, en su opinión, no debía de tener un domicilio fijo.

Jacqueline y yo caminamos hasta el café Rio, al final de Notting Hill, y preguntamos al dueño, un jamaicano, si tenía noticias de Edgerose y de Linda. Nos respondió que hacía varios días que no los veía, y tanto él como los clientes parecían desconfiar de nosotros.

Una mañana en que salía de casa con mi bloc de papel de cartas, como de costumbre, reconocí el Jaguar de Rachman, aparcado en la esquina de Ledbury Road.

Asomó su cabeza por la ventanilla.

—¿Todo bien, amigo? ¿Quiere dar una vuelta?

Abrió la portezuela y me senté a su lado.

—Nos preguntábamos qué había sido de usted —le dije.

No me atrevía a hablarle de Linda. Quizás llevaba un rato esperando en su coche, al acecho.

—Mucho trabajo... Muchas preocupaciones... Y siempre lo mismo...

Me miraba fijamente con sus ojos fríos, detrás de sus gafas de carey.

—¿Y usted?, ¿es feliz?

Respondí con una sonrisa incómoda.

Había detenido el coche en una pequeña calle de casas en ruinas, como si acabaran de sufrir un bombardeo.

—¿Se da cuenta? —me dijo—. Trabajo siempre en este tipo de lugares...

Una vez en la acera, sacó del maletín negro que llevaba en la mano un manojo de llaves, pero luego se arrepintió y volvió a introducirlo en el bolsillo de su chaqueta.

—Esto ya no sirve para nada...

De un puntapié, abrió la puerta de una de las casas, una puerta con la pintura descascarillada y un agujero en lugar de cerradura. Entramos. En el suelo se amontonaban los escombros. El mismo olor que flotaba en el hotel de Sussex Gardens me cerró la garganta, pero de una manera aún más intensa. Sentí náuseas. Rachman hurgó en su maletín y sacó una linterna. Movió el haz de luz por toda la pieza y descubrió, al fondo, una vieja cocina de gas. Una escalera empinada conducía al primer piso y el pasamanos de madera estaba suelto.

—Puesto que tiene papel y bolígrafo —me dijo—, tomará unas notas...

Inspeccionó las casas vecinas, que estaban en el mismo estado de abandono, y me fue dictando al mismo tiempo algunos datos mientras consultaba una libreta que llevaba en su maletín negro.

Al día siguiente continué escribiendo mi novela al dorso de la página en la que había tomado aquellas notas que he conservado hasta el día de hoy. ¿Por qué me las había dictado? Quería, tal vez, que quedara una copia de estas en alguna parte.

El lugar donde nos detuvimos primero, en el barrio de Notting Hill, se llamaba Powis Square y se prolongaba por Powis Terrace y Powis Gardens. Inventarié, según el dictado de Rachman, los números 5, 9, 10, 11 y 12 de Powis Terrace, los números 3, 4, 6 y 7 de Powis Gardens y los números 13, 45, 46 y 47 de Powis Square. Hileras de casas porticadas de la época eduardiana, me precisó Rachman. Después de la guerra habían sido habitadas por jamaicanos, pero él, Rachman, las había adquirido en bloque en el momento en que planeaban demolerlas. Y ahora que ya nadie las ocupaba se había propuesto restaurarlas.

Había dado con los nombres de los antiguos habitantes antes de los jamaicanos. Así, en el número 5 de Powis Gardens anoté el nombre de un tal Lewis Jones, y en el 6, una Miss Dudgeon; en el 13 de Powis Square, un Charles Edward Boden; en el 46, un Arthur Phillip Cohen; en el número 47, una Miss Marie Motto... Rachman los necesitaba, después de veinte años, para hacerles firmar algún tipo de documento, pero él mismo no parecía demasiado convencido. Le hice una pregunta acerca de aquella gente y me respondió que la mayor parte de ellos se habría perdido, sin duda, durante el Blitz.

Atravesamos el distrito de Bayswater. Nos hallábamos cerca de la estación de Paddington. Esta vez, habíamos desembocado en Orsett Terrace, donde las casas con pórtico, más altas que las anteriores, miraban hacia las vías del ferrocarril. Las puertas de entrada todavía conservaban sus cerraduras, y Rachman tuvo que recurrir a su manojo de llaves. No había escombros, empapelados cubiertos de moho ni escaleras destartaladas, pero las habitaciones no guardaban la menor huella de presencia humana, como si se tratara de un decorado que hubieran olvidado desmontar tras el rodaje de un film.

—Son antiguos hoteles de viajeros —me dijo Rachman.

¿Qué viajeros? Imaginaba sombras en la noche, saliendo de la estación de Paddington en el momento en que comenzaban a sonar las sirenas.

Al final de Orsett Terrace vi con sorpresa una iglesia en ruinas que estaba siendo demolida. La nave ya había sido desprovista del techo.

—Esta también tenía que haberla comprado —dijo Rachman.

Dejamos atrás Holland Park y llegamos a Hammersmith. Jamás había ido tan lejos. Rachman se detuvo en Talgarth Road delante de una hilera de casas abandonadas que tenían el aspecto de *cottages* o pequeños chalets a la orilla del mar. Subimos al primer piso de una de ellas. Los cristales del mirador estaban rotos. Se oía el ruido del tráfico. En una esquina de la habitación descubrí un catre y, sobre él, un traje envuelto en papel celofán, como recién salido de la tintorería, y la parte superior de un pijama. Rachman interceptó mi mirada:

—A veces vengo a echar una siesta aquí —me dijo.

—¿El ruido del tráfico no le molesta?

Se encogió de hombros. Luego recogió el traje envuelto en celofán y bajamos las escaleras. Iba delante de mí, con el traje doblado sobre su brazo derecho, el maletín negro en la mano izquierda, con el aire de un viajante que sale de su casa para una gira por provincias.

Depositó con cuidado el traje sobre el asiento trasero del coche y se puso al volante. Dimos media vuelta, en dirección a Kensington Gardens.

—He dormido en sitios mucho menos confortables...

Me examinó con sus ojos fríos.

—Tenía aproximadamente su edad...

Continuamos por Holland Park Avenue y estábamos a punto de pasar por la cafetería en la que, por lo general, a aquella hora, yo escribía mi novela.

—Al final de la guerra me escapé de un campo de concentración... Dormía en el sótano de un edificio... Había ratas por todas partes... Me decía que si me quedaba dormido se me comerían...

Y soltó una breve carcajada.

—Tenía la impresión de ser yo también una rata... De hecho, hacía cuatro años que intentaban persuadirme de que era una rata...

Habíamos dejado atrás la cafetería. Sí, podía introducir a Rachman en mi novela. Mis dos protagonistas se cruzarían con Rachman en los alrededores de la estación del Norte.

—¿Usted nació en Inglaterra? —le pregunté.

—No, en Lwów, en Polonia.

Lo había dicho en un tono cortante, y comprendí que no me enteraría de nada más.

Bordeábamos ahora Hyde Park, en dirección a Marble Arch.

—Estoy intentando escribir un libro —le dije tímidamente, para reanudar la conversación.

—¿Un libro?

Puesto que había nacido en Lwów, en Polonia, antes de la guerra, y había sobrevivido, muy bien podía hallarse ahora en las inmediaciones de la estación del Norte. No era más que una cuestión de azar.

Disminuyó la velocidad ante la estación de Marylebone, y yo creí que otra vez iríamos a visitar casas vetustas junto a las vías férreas. Pero continuamos por una calle angosta y fuimos a parar a Regent's Park.

—Esto es lo que yo llamo un barrio rico.

Y lanzó una risotada, como un relincho.

Me hizo tomar nota de las direcciones: 125, 127 y 129 Park Road, en la esquina de Lorne Close, tres casas verde pálido con miradores de las que la tercera estaba semiderruida.

Tras haber consultado las etiquetas de las llaves del manojo, abrió la puerta de la casa del medio. Y nos hallamos en el primer piso, en una habitación más espaciosa que la de Talgarth Road. Los cristales de la ventana estaban intactos.

En el fondo de la habitación, la misma cama que en Talgarth Road. Se sentó en ella y dejó el maletín negro a su lado. Luego se enjugó la frente con el pañuelo blanco.

Parte del papel pintado había sido arrancado, y faltaban algunos listones del parqué.

—Debería asomarse a la ventana —me dijo—. Vale la pena echar un vistazo.

En efecto, se veía todo Regent's Park rodeado por las fachadas monumentales. El blanco del estuco y el verde del césped me proporcionaban una sensación de paz y seguridad.

—Ahora voy a mostrarle otra cosa.

Se puso de pie, atravesamos un pasillo en el que los cables eléctricos colgaban del techo y desembocamos en una pequeña habitación en la parte trasera. La ventana daba a las vías férreas de la estación de Marylebone.

—Las dos alas tienen su encanto —me dijo Rachman—, ¿verdad, amigo?

Luego regresamos a la habitación que daba a Regent's Park.

Volvió a sentarse en la cama y abrió el maletín negro. Sacó dos sándwiches envueltos en papel de plata. Me ofreció uno. Me senté frente a él, en el suelo.

—Creo que voy a dejar esta casa tal como está y me vendré a vivir definitivamente...

Dio un mordisco a su sándwich. Pensé en el traje envuelto en celofán. El que llevaba puesto estaba todo arrugado, a la chaqueta le faltaba incluso un botón y los zapatos estaban manchados de lodo. Él, tan maniático, tan meticuloso con la limpieza, y que luchaba con tanto encono contra los microbios, daba la impresión, algunos días, de estar a punto de darse por vencido y convertirse en vagabundo.

Terminó su sándwich. Se estiró sobre el catre. Extendió el brazo y hurgó en el maletín negro, que había dejado en el suelo, junto a la cama. Sacó el manojo de llaves y desprendió una.

—Aquí tiene... Despiérteme en una hora. Puede ir a dar un paseo por Regent's Park.

Se dio la vuelta, de cara a la pared, y lanzó un largo suspiro.

—Le aconsejo una visita al zoológico. No queda lejos.

Permanecí un instante inmóvil frente a la ventana, en medio de un charco de sol, antes de advertir que ya se había dormido.

Una noche en que Jacqueline y yo regresábamos a Chepstow Villas, vimos luz bajo la puerta de Linda. Nuevamente se oía música jamaicana hasta tarde, y el olor del hachís invadía el apartamento, como en los primeros días.

Peter Rachman organizaba fiestas en su piso de soltero, en Dolphin Square, un bloque de apartamentos a orillas del Támesis, y Linda insistía en que la acompañáramos. Habíamos vuelto a ver a Michael Savoundra, que había viajado a París en busca de productores. Pierre Roustang había leído el guion y estaba interesado. Otro nombre sin rostro que flota en mi memoria, pero cuyas sílabas conservan la resonancia, como todos los nombres que hemos oído a los veinte años.

Gentes de todo tipo frecuentaban las fiestas de Rachman. En pocos meses una bocanada de frescura invadiría Londres con nuevas músicas y ropas excéntricas. Y me parece haberme cruzado, en Dolphin Square, en el transcurso de aquellas noches, con algunos de los que luego se convertirían en los personajes de una ciudad súbitamente rejuvenecida.

Ya no escribía por las mañanas, sino a partir de medianoche. No porque quisiera aprovechar la paz y el silencio. Solo retrasaba la hora de ponerme a trabajar. Y cada día debía vencer mi pereza. También había elegido aquella hora por otra razón:

temía que retornara la angustia que con tanta frecuencia me había asaltado en nuestros primeros días en Londres.

Jacqueline también experimentaba, por cierto, la misma inquietud, pero ella necesitaba gente y ruido a su alrededor.

A medianoche abandonaba el apartamento con Linda. Iban a las fiestas de Rachman o a lugares perdidos, hacia Notting Hill. En casa de Rachman uno conocía a muchas personas que también invitaban a sus fiestas. Por primera vez se percibía en Londres la agitación propia de una ciudad —decía Savoundra—. Había electricidad en el aire.

Recuerdo nuestros últimos paseos. La acompañaba hasta la casa de Rachman, en Dolphin Square. No quería subir y encontrarme en medio de toda aquella gente. La perspectiva de regresar al apartamento también me desanimaba, otra vez juntar frases sobre una página en blanco, pero no tenía elección.

Aquellas noches, le pedíamos al conductor del taxi que se detuviera delante de la estación Victoria. Y luego caminábamos hasta el Támesis, a través de las calles de Pimlico. Era el mes de julio. El calor era sofocante, pero cada vez que rodeábamos la verja de la plaza, una brisa con olor a tilo y alheña llegaba hasta nosotros.

La dejaba en el umbral. El bloque de apartamentos de Dolphin Square se recortaba a la luz de la luna. La sombra de los árboles se proyectaba sobre la acera y las hojas permanecían inmóviles. No corría ni una gota de aire. Del otro lado del muelle, a orillas del Támesis, un restaurante flotante ostentaba su letrero luminoso, y el portero se mantenía de pie, a la entrada del pontón. Pero nadie, aparentemente, frecuentaba ese restaurante. Yo observaba a aquel hombre, fijado para siempre en su uniforme. A esa hora los vehículos ya no circulaban por el muelle, y yo había llegado finalmente al corazón tranquilo y desolado del verano.

A mi regreso de Chepstow Villas escribía tendido sobre la cama. Luego apagaba la luz y esperaba en la oscuridad.

Ella llegaba a eso de las tres de la madrugada, siempre sola. Desde hacía algún tiempo, Linda había desaparecido nuevamente.

Abría la puerta con cuidado. Yo simulaba dormir.

Y después, al cabo de un cierto número de días, yo velaba hasta el alba, pero ya nunca volví a oír sus pasos en la escalera.

Ayer, sábado 1 de octubre de 1994, regresé a mi casa, desde la Place d'Italie, en metro. Había ido a buscar unas cintas de vídeo a una tienda que —según dicen— estaba mejor provista que el resto. Hacía mucho tiempo que no iba a la Place d'Italie y la noté muy cambiada, a causa de los rascacielos.

En el vagón de metro, permanecí de pie cerca de las puertas. Una mujer se hallaba sentada en uno de los asientos del fondo, a mi izquierda; me había llamado la atención porque llevaba unas gafas de sol, un pañuelo anudado bajo la barbilla y un viejo impermeable beige. Creí reconocer a Jacqueline. El metro había salido a la superficie y seguía por el Boulevard Auguste-Blanqui. A la luz del día, su rostro me pareció demacrado. Distinguía la forma de su boca y de su nariz. Era ella, poco a poco tenía la certeza.

No me veía. Sus ojos estaban ocultos detrás de las gafas de sol.

Se puso de pie en la estación Corvisart y la seguí por el muelle. Llevaba una cesta en la mano izquierda y caminaba con un paso cansado, casi titubeante, que no era el que yo le conocía. Por alguna razón incomprensible había soñado a menudo con ella en esos últimos tiempos: la veía, en un pequeño puerto pesquero del Mediterráneo, sentada en el suelo, tejiendo interminablemente bajo el sol. A su lado, un platillo en el que los transeúntes arrojaban monedas.

Atravesó el Boulevard Auguste-Blanqui y tomó la Rue Corvisart. Bajé tras ella la pendiente de la calle. Entró en un almacén. Cuando salió advertí, por su andar, que la cesta pesaba más.

Frente a la pequeña plaza que precede al parque, un café lleva por nombre Muscadet Junior. Miré a través del cristal. Ella estaba de pie frente a la barra, con la cesta a sus pies, y se servía un vaso de cerveza. No quise abordarla ni seguirla para averiguar su dirección. Después de tantos años, temía que ya no se acordara de mí.

Y hoy, primer domingo del otoño, me encuentro en la misma línea de metro. Pasamos junto a las copas de los árboles del Boulevard Saint-Jacques. Las ramas se inclinan sobre las vías. Entonces, tengo la impresión de estar entre el cielo y la tierra, y de escapar de mi vida presente. Ya nada me ata a nada. En pocos instantes, a la salida de la estación Corvisart, semejante a una estación de provincias, con su vidriera, será como deslizarse por una brecha del tiempo y desapareceré de una vez para siempre. Bajaré la pendiente de la calle y quizá tenga la oportunidad de volver a verla. Debe de vivir en algún lugar de este barrio.

Hace quince años, lo recuerdo, me hallaba en el mismo estado de ánimo. Una tarde de agosto había ido a buscar, al ayuntamiento de Boulogne-Billancourt, una copia de mi partida de nacimiento. Había regresado a pie por la Porte d'Auteuil y las avenidas que rodeaban el hipódromo y el Bois. Vivía provisionalmente en un cuarto de hotel, cerca del muelle, más allá de los jardines de Trocadéro. No sabía aún si me quedaría definitivamente en París o si, continuando con el libro que había comenzado acerca de los «poetas y novelistas portuarios», haría un viaje a Buenos Aires en busca del poeta argentino Héctor Pedro Blomberg, cuyos versos habían despertado mi curiosidad:

A Schneider lo mataron una noche
en la pulpería de la Paraguaya.
Tenía los ojos azules
y la cara muy pálida.

El final de una tarde soleada. Antes de llegar a la Porte de la Muette, me había sentado en el banco de una plaza. Aquel barrio me traía recuerdos de infancia. El autobús 63 que tomaba en Saint-Germain-des-Prés se detenía en la Porte de la Muette, y allí lo esperaba a las seis de la tarde, tras haber pasado la jornada en el Bois de Boulogne. Pero era inútil avanzar en mis recuerdos, pertenecían a una vida anterior que no estaba muy seguro de haber vivido.

Saqué de mi bolsillo la partida de nacimiento. Había nacido en el verano de 1945, y una tarde, a eso de las cinco, mi padre había ido a firmar el registro en el ayuntamiento. Veía claramente su firma en la fotocopia que me habían entregado, una firma ilegible. Luego mi padre había regresado a casa a pie, por las calles desiertas de aquel verano, y en el silencio se oían los timbres cristalinos de las bicicletas. Y era la misma estación en la que me hallaba hoy, el mismo final de la tarde soleada.

Había vuelto a guardar la partida de nacimiento en mi bolsillo. Me encontraba en medio de un sueño del que era preciso despertar. Los lazos que me unían al presente se hacían cada vez más delgados. Hubiera sido realmente lamentable acabar sobre aquel banco, en una especie de amnesia y de pérdida progresiva de la identidad, y no poder indicar a los transeúntes mi domicilio... Felizmente, conservaba en el bolsillo mi partida de nacimiento, como los perros que se pierden en París pero llevan en el collar la dirección y el número de teléfono de su dueño... Y procuraba explicarme el cambio que se estaba produciendo en mi vida. No veía a nadie desde hacía varias semanas. Aquellos a los que había llamado aún no habían regresado de sus vacaciones. Por otra parte, había cometido un error al elegir un hotel alejado del centro. A comienzos del verano pensaba pasar allí un tiempo y alquilar un pequeño apartamento o un estudio. Entonces me asaltó la duda: ¿verdaderamente deseaba quedarme en París? Mientras durara el verano tendría la impresión de ser solo un turista, pero a comienzos del otoño las calles, la gente y las cosas recobrarían su color cotidiano: gris. Y me preguntaba si aún tenía el valor de fundirme, otra vez, en ese color.

Llegaba sin duda al final de un período de mi vida. Aquel período había durado una quincena de años, y ahora atravesaba un tiempo muerto antes del cambio de piel. Trataba de remontarme quince años atrás. También en aquella época algo había llegado a su fin. Me separaba de mis padres. Mi padre me citaba en la parte trasera de los cafés, en el vestíbulo de algún hotel o en bares de estación, como si eligiera lugares de paso para deshacerse de mí y huir con sus secretos. Permanecíamos en silencio, uno frente al otro. De cuando en cuando, me lanzaba una mirada oblicua. Mi madre, por su parte, me hablaba en voz cada vez más alta, lo adivinaba por los movimientos bruscos de sus labios, ya que había entre nosotros un cristal que ahogaba su voz.

Y luego los quince años siguientes se disolvieron: apenas algunos rostros borrosos, algunos recuerdos vagos, algunas cenizas... No sentía tristeza alguna, sino, por el contrario, cierto alivio. Volvería a empezar desde cero. De esa sombría sucesión de días, los únicos que todavía destacaban eran aquellos en los que había conocido a Jacqueline y Van Bever. ¿Por qué ese episodio y no otro? Quizá porque había quedado inconcluso.

El banco que ocupaba había sido ganado por la sombra. Atravesé el césped y me senté al sol. Me sentía ligero. Ya no tenía que rendir cuentas a nadie, ya no había excusas ni mentiras que tramar. Iba a convertirme en otro, y la metamorfosis sería tan profunda que ninguno de aquellos a los que había conocido en el transcurso de esos quince años sería capaz de reconocerme.

Oía el ruido de un motor detrás de mí. Alguien aparcaba su coche en la esquina de la plaza con la avenida. El motor se apagó. El sonido de una puerta al cerrarse. Una mujer caminaba a lo largo de las rejas de la plaza. Llevaba un vestido de verano de color amarillo y gafas de sol. Su cabello era castaño. No había podido distinguir su rostro, pero reconocí de inmediato su forma de andar, aquel paso indolente. Su marcha se hacía cada vez más lenta, como si dudara entre varias direcciones posibles. Y luego parecía haber encontrado el camino. Era Jacqueline.

Dejé la plaza y la seguí. No me atrevía a alcanzarla. Quizá no me recordara bien. Tenía el cabello más corto que quince años atrás, pero aquella forma de caminar no podía pertenecer a ninguna otra.

Entró en uno de los edificios. Era demasiado tarde para abordarla. Y de todos modos, ¿qué habría podido decirle? Aquella avenida estaba tan lejos del Quai de la Tournelle y del café Dante...

Pasé por delante del edificio y tomé nota del número. ¿Era ese realmente su domicilio? ¿O visitaba a unos amigos? Acabé por preguntarme si era posible reconocer a alguien sin ver su rostro, solo por su forma de caminar. Di media vuelta en dirección a la plaza. Su coche estaba allí. Tuve la tentación de dejarle una nota en el parabrisas con el número de teléfono de mi hotel.

En el garaje de la Avenue de New-York me esperaba el coche que había alquilado el día anterior. La idea se me había ocurrido en la habitación del hotel. El barrio me parecía tan vacío, y tan solitarios los trayectos a pie o en metro en aquel París del mes de agosto, que la perspectiva de disponer de un automóvil me reconfortaba. Tendría la impresión de poder abandonar París a cada instante, si así lo quisiera. Durante aquellos últimos quince años me había sentido prisionero de los demás y de mí mismo, y todos mis sueños se parecían: sueños de huida, partidas en trenes que, para mi desgracia, perdía. Nunca llegaba a la estación a tiempo. Me extraviaba en los pasillos del metro o en los andenes de las estaciones, o bien los trenes no llegaban. También soñaba que al salir de mi casa me ponía al volante de un gran coche americano y me deslizaba a lo largo de calles desiertas en dirección al Bois de Boulogne; no oía el ruido del motor y me invadía una sensación de levedad y de bienestar.

El encargado del garaje me dio la llave y advertí su sorpresa en el momento en que di marcha atrás y estuve a punto de chocar contra el surtidor de gasolina. Temía no poder detenerme en el siguiente semáforo en rojo. Así era en mis sueños: los frenos no funcionaban, me saltaba todos los semáforos en rojo y entraba en todas las calles de dirección prohibida.

Conseguí aparcar el coche delante del hotel y le pedí al conserje una guía telefónica. En ese número de la avenida no vivía ninguna Jacqueline. Después de quince años, sin duda se habría casado. Pero ¿quién sería su marido?

Delorme (P.)
Dintillac
Jones (E. Cecil)
Lacoste (René)
Walter (J.)
Sanchez-Cirès
Vidal

Solo me faltaba llamar por teléfono a cada uno de aquellos nombres.

Marqué el primer número en la cabina. Después de un largo rato alguien descolgó el auricular. Una voz de hombre:

—Hola... ¿Sí?...

—¿Podría hablar con Jacqueline, por favor?

—Debe de haberse equivocado, señor.

Colgué. Ya no tenía valor para marcar los otros números.

Esperé a que anocheciera para salir del hotel. Me senté al volante y arranqué. Yo, que conocía tan bien París y que habría elegido, si hubiera ido a pie, el trayecto más corto hasta la Porte de la Muette, navegaba al azar a bordo de aquel coche. Hacía mucho tiempo que no conducía e ignoraba el sentido de las calles. Decidí continuar en línea recta.

Tomé un largo desvío por el Quai de Passy y la Avenue de Versailles. Luego entré en el Boulevard Murat, que se hallaba desierto. Habría podido saltarme los semáforos en rojo, pero respetarlos me producía cierto placer. Conducía lentamente, con el mismo ritmo despreocupado de quien pasea por la orilla del mar en una tarde de verano. Los semáforos solo se dirigían a mí, con sus señales misteriosas y amigables.

Me detuve frente al edificio, del otro lado de la avenida, bajo las hojas de los primeros árboles del Bois de Boulogne, allí donde las farolas dejaban una zona de penumbra. Los dos batientes de cristal de la puerta, con sus adornos de hierro forjado, estaban iluminados. Y también las ventanas del último piso, abiertas de par en par; en uno de los balcones se veían algunas figuras. Podía oír la música y el murmullo de las conversaciones. Algunos coches se detuvieron delante del edificio, y tenía la certeza de que toda la gente que salía de ellos y atravesaba la puerta de entrada se dirigía al mismo lugar. En un momento determinado alguien se asomó al balcón y llamó a una pareja que se disponía a entrar en el edificio. Una voz de mujer. Les indicaba el piso. Pero no era la voz de Jacqueline, o al menos yo no la reconocí. Decidí abandonar mi lugar y mi actitud de espía y subir. Si era Jacqueline la anfitriona, ignoraba cuál sería su reacción al ver entrar en su casa, de improviso, a alguien a quien no veía desde hacía quince años. Nos habíamos conocido durante un lapso de tiempo muy breve: tres o cuatro meses. Es poco comparado con quince años. Pero seguramente ella no habría olvidado aquel período... A menos que su vida presente lo hubiera borrado, como la luz demasiado intensa de un foco que arroja al fondo de las tinieblas todo lo que no está en su campo visual.

Esperé a que llegaran otros invitados. Esta vez eran tres. Uno de ellos hizo una seña con el brazo en dirección a los balcones del último piso. Los alcancé en el momento en que iban a entrar en el edificio. Dos hombres y una mujer. Los saludé. No cabía ninguna duda, también yo era uno de los invitados.

Subimos en el ascensor. Los dos hombres hablaban con acento, pero la mujer era francesa. Me llevaban algunos años.

Hice un esfuerzo por sonreír. Le dije a la mujer:

—Lo pasaremos bien ahí arriba...

Ella también sonrió.

—¿Es usted amigo de Darius? —me preguntó.

—No, soy amigo de Jacqueline.

Pareció no comprender.

—Hace mucho que no veo a Jacqueline, ¿cómo se encuentra?

La mujer frunció el ceño.

—No la conozco.

Luego intercambió unas palabras en inglés con los otros. El ascensor se detuvo.

Uno de los hombres tocó el timbre. Mis manos estaban húmedas. La puerta se abrió y oí el bullicio de las conversaciones y la música que venía del interior. Un hombre de cabello castaño peinado hacia atrás y tez mate nos sonreía. Llevaba un traje de algodón beige.

La mujer lo besó en las dos mejillas.

—Hola, Darius.

—Hola, mi reina.

Tenía una voz grave y un ligero acento. Los dos hombres también lo saludaron con un «hola, Darius». Le estreché la mano sin presentarme, pero no parecía asombrado de mi presencia.

Nos condujo a través del vestíbulo hasta un salón con grandes ventanales abiertos. Pequeños grupos de invitados conversaban de pie. Darius y las tres personas con las que había subido en el ascensor se dirigían a uno de los balcones. Yo les pisaba los talones. En el umbral del balcón fueron interceptados por una pareja, y una conversación acababa de iniciarse entre ellos.

Guardaba una distancia prudencial y mi presencia pasaba totalmente inadvertida. Fui hasta el fondo de la sala y me senté en el extremo de un sofá. En el otro extremo, dos jóvenes hablaban en voz baja. Nadie me prestaba la menor atención. Trataba de localizar a Jacqueline en medio de toda aquella gente. Unas veinte personas. Observaba al llamado Darius, allí, en el umbral del balcón, la silueta esbelta en su traje beige. No le echaba más de cuarenta años. ¿Era posible que este Darius fuera el marido de Jacqueline? La música, que parecía provenir de los balcones, ahogaba el ruido de las conversaciones.

Examinaba uno a uno los rostros de las mujeres, pero no veía a Jacqueline. Me había equivocado de piso. Ni siquiera estaba seguro de que viviera en ese edificio. Darius se hallaba ahora en medio del salón, a algunos metros de mí, en compañía de una mujer rubia con mucho encanto, que lo escuchaba con atención. Cada cierto tiempo ella reía. Yo aguzaba el oído para averiguar en qué idioma hablaba, pero la música tapaba su voz. ¿Por qué no abordar a aquel hombre y preguntarle dónde estaba Jacqueline? Él me revelaría, con su tono grave y cortés, aquel misterio que no era tal: si conocía a Jacqueline, si era realmente su mujer, o bien en qué piso vivía. Era tan simple como eso. Estaba enfrente de mí. Ahora escuchaba a la mujer rubia y sus ojos se posaron en mí por azar. En un primer momento tuve la impresión de que no me veía. Luego me hizo una pequeña seña amistosa con la mano. Parecía asombrado de que estuviera solo, en aquel diván, sin hablar con nadie, pero yo me hallaba mucho más a gusto que cuando acababa de llegar al apartamento, y un recuerdo había resurgido. Jacqueline y yo habíamos llegado a Londres y estábamos en la estación de Charing Cross, hacia las cinco de la tarde. Elegimos un hotel al azar en una guía y subimos a un taxi. Ninguno de los dos conocía Londres. En el momento en que el taxista tomaba el Mall y se abría ante mis ojos aquella avenida sombreada por los árboles, los veinte primeros años de mi vida se hicieron polvo, como un peso, como esposas o arneses de los que no había creído nunca poder liberarme. Y bien, ya no quedaba nada de aquellos años. Y si la felicidad consistía en esa embriaguez pasajera que experimentaba aquella tarde, entonces, por primera vez en mi vida, era feliz.

Luego era de noche y paseábamos sin rumbo fijo por la zona de Ennismore Gardens. Caminábamos despreocupados a lo largo de la verja de un jardín. Risas, música y un murmullo de conversaciones nos llegaban desde el último piso de una de las casas. Los ventanales estaban abiertos de par en par y en la luz se recortaba un grupo de siluetas. Nosotros permanecíamos allí, contra las rejas del jardín. Uno de los invitados nos había visto desde el balcón y nos hacía señas para que subiéramos. En las grandes ciudades, en verano, las personas que se han perdido de vista durante mucho tiempo, o que no se conocen, se encuentran una tarde en un café, luego se pierden otra vez. Y nada tiene demasiada importancia.

Darius se había acercado:

—¿Lo han abandonado sus amigos? —me dijo con una sonrisa.

Me llevó un instante comprender a quiénes se refería: a las tres personas del ascensor.

—A decir verdad, no son mis amigos.

Pero enseguida me arrepentí de mis palabras. No quería que me interrogara acerca de mi presencia en aquel lugar.

—Los conozco desde hace muy poco tiempo —le dije—. Han tenido la feliz idea de traerme a su casa...

Sonrió nuevamente:

—Los amigos de mis amigos son mis amigos.

Sin embargo, yo debía de estar poniéndolo en una situación embarazosa, puesto que no me conocía. Para hacerle sentir a gusto le dije con la voz más dulce que me fue posible:

—¿Suele organizar a menudo veladas tan agradables?

—Sí. En agosto. Y siempre en ausencia de mi mujer.

La mayor parte de los invitados habían abandonado el salón. ¿Cómo era posible que los balcones pudieran albergarlos a todos?

—Me siento tan solo cuando mi mujer no está...

Su mirada había adquirido una expresión melancólica. Aún sonreía. Era el momento de preguntarle si su mujer se llamaba Jacqueline, pero aún me faltaba coraje para arriesgarme.

—Y usted, ¿vive en París?

Sin duda me hacía esta pregunta por simple cortesía. A fin de cuentas, era mi anfitrión y no quería dejarme solo en un diván, aislado del resto de los invitados.

—Sí, pero aún no sé por cuánto tiempo...

De pronto sentía deseos de confesarle todo. Hacía aproximadamente tres meses que no hablaba con nadie.

—Puedo ejercer mi oficio en cualquier parte, solo necesito una pluma y una hoja de papel...

—¿Es usted escritor?

—Escritor me parece una palabra excesiva...

Quería que le citara los títulos de mis libros. Quizás había leído alguno.

—No lo creo —le dije.

—Tiene que ser apasionante escribir, ¿verdad?

No debía de estar habituado a mantener una conversación a solas acerca de asuntos de tal seriedad.

—Lo estoy reteniendo —le dije—. Tengo la impresión de haber ahuyentado a sus invitados.

En efecto, ya no quedaba casi nadie en el salón ni en los balcones.

Rio levemente:

—De ningún modo... Han subido a la terraza...

Algunas personas habían permanecido en el salón sentadas en un sofá, del otro lado de la habitación, un sofá blanco similar al que yo ocupaba junto a Darius.

—Ha sido un placer —me dijo.

Luego se dirigió hacia los otros, entre quienes se encontraban la mujer rubia con la que había estado conversando hacía un momento y el hombre con americana del ascensor.

—¿No les parece que hace falta un poco de música aquí? —les dijo en voz muy alta, como si su papel se redujera a animar la velada—. Voy a poner un disco.

Entró en la habitación vecina. Al cabo de un momento se alzó la voz de una cantante.

Se sentó junto a los otros, en el sofá. Ya me había olvidado.

Era hora de partir, pero no podía evitar oír el bullicio y las risas de la terraza, y los fragmentos de voz de Darius y sus invitados, más allá, en el sofá. No distinguía lo que decían y me dejaba acunar por la canción.

Llamaron a la puerta. Darius se puso de pie y se dirigió a la entrada. Al pasar me sonrió. Los otros continuaban hablando entre ellos, y en el calor de la conversación el hombre de la americana hacía grandes gestos, como si quisiera convencerlos de algo.

Voces en el vestíbulo. Se acercaban. Era la voz de Darius y la de una mujer con entonación grave. Me volví. Darius iba acompañado de una pareja y los tres se hallaban en el umbral del salón. El hombre era moreno y alto, de traje gris, los rasgos del rostro algo grotescos, los ojos azules y saltones. La mujer llevaba un vestido de verano amarillo que dejaba al descubierto sus hombros.

—Llegamos demasiado tarde —dijo el hombre—. Ya se han ido todos.

Tenía un ligero acento extranjero.

—En absoluto —dijo Darius—. Nos esperan arriba.

Tomó a cada uno del brazo.

La mujer, a quien yo veía de espaldas, se volvió. El corazón me dio un vuelco. Reconocí a Jacqueline. Venían hacia mí. Me puse de pie, como un autómata.

—Georges y Thérèse Caisley —dijo Darius.

Los saludé con una inclinación de cabeza. Miré a la llamada Thérèse Caisley a los ojos, pero ella no pestañeó. Al parecer, no me reconocía. Darius daba la impresión de estar incómodo por no poder presentarme por mi nombre.

—Son mis vecinos del piso de abajo —me dijo—. Me alegra que hayan venido... De todos modos, no habrían podido dormir con este ruido...

Caisley alzó los hombros:

—¿Dormir?... Pero aún es muy temprano —dijo—. El día acaba de comenzar.

Yo intentaba interceptar la mirada de Jacqueline. Una mirada vacía. No me veía, o bien ignoraba deliberadamente mi presencia. Darius los condujo al otro extremo del salón, hasta el sofá en el que se hallaban los demás. El hombre de la americana se puso de pie para saludar a Thérèse Caisley. La conversación se reanudó. Caisley era muy locuaz. Ella se mantenía ajena y parecía estar de mal humor o aburrida. Tuve ganas de acercarme, de llevarla aparte y decirle en voz baja:

—Hola, Jacqueline.

Pero permanecía petrificado, en busca de un hilo de Ariadna que me guiara del café Dante o del hotel de la Tournelle de hacía quince años a aquel salón de ventanales abiertos sobre el Bois de Boulogne. Tal hilo no existía y yo era víctima de un espejismo. Y, sin embargo, un minuto de reflexión bastaba para advertir que aquellos lugares se hallaban en la misma ciudad, a escasa distancia unos de otros. Me esforzaba por imaginar el itinerario más corto hasta el café Dante: llegar a la margen izquierda por la carretera de circunvalación y, una vez en la Porte d'Orléans, continuar en dirección al Boulevard Saint-Michel... A esa hora, en el mes de agosto, no me habría llevado más de quince minutos.

El hombre de la americana le hablaba, y ella escuchaba, indiferente. Se había sentado en uno de los brazos del sofá y había encendido un cigarrillo. La veía de perfil. ¿Qué había sido de su cabello? Quince años atrás le llegaba a la cintura y ahora lo llevaba por encima de los hombros. Fumaba, pero ya no tosía.

—¿Sube con nosotros? —me preguntó Darius.

Había dejado a los demás en el sofá y estaba en compañía de Georges y Thérèse Caisley. Thérèse. ¿Por qué se había cambiado el nombre?

Se dirigieron a uno de los balcones y los seguí.

—Solo hay que subir la escala de borda —dijo Darius.

Nos indicaba una escalera de peldaños de cemento, en el extremo del balcón.

—¿Y hacia dónde zarparemos, capitán? —preguntó Caisley dando unas palmadas amistosas en la espalda de Darius.

Thérèse Caisley y yo íbamos detrás de ellos, uno al lado del otro. Me sonrió. Pero era una sonrisa de cortesía, de las que se ofrecen a un desconocido.

—¿Ya ha subido? —me preguntó.

—No. Es la primera vez.

—La vista debe de ser muy bonita desde ahí arriba.

Había formulado aquella frase de un modo tan impersonal y frío que ni siquiera estaba seguro de que fuera a mí a quien se dirigía.

Una gran terraza. La mayoría de los invitados ocupaban las sillas de tela beige.

Al pasar, Darius se detuvo delante de uno de los grupos. Estaban sentados en círculo. Yo avanzaba detrás de Caisley y su mujer, que parecía haber olvidado mi presencia. Se cruzaron con otra pareja al borde de la terraza, y los cuatro comenzaron a conversar, de pie, ella y Caisley apoyados en el parapeto. Caisley y los otros dos hablaban en inglés. De cuando en cuando, ella intercalaba alguna frase en francés en la conversación. También yo fui a acodarme en el parapeto de la terraza. Ella estaba justo detrás de mí. Los otros tres continuaban hablando en inglés. La voz de la cantante cubría el murmullo de las conversaciones y me puse a silbar el estribillo de la canción. Ella se volvió.

—Perdone —le dije.

—No tiene por qué disculparse.

Me sonrió, con aquella sonrisa vacía de un instante atrás. Y como guardaba silencio, me vi obligado a añadir:

—Una hermosa velada...

La conversación se animaba entre Caisley y los otros dos. Caisley tenía una voz ligeramente nasal.

—Lo más agradable —le dije— es el aire que viene del Bois de Boulogne...

—Sí.

Sacó un paquete de cigarrillos, extrajo uno y me tendió el paquete:

—Gracias. No fumo.

—Hace bien...

Encendió su cigarrillo.

—He intentado dejarlo varias veces —me dijo—, pero no lo consigo...

—¿Y no le hace toser?

Pareció sorprendida por mi pregunta.

—Yo dejé de fumar —añadí— a causa de la tos.

No se inmutó. Realmente, parecía no reconocerme.

—Es una pena que se oiga el ruido de la carretera de circunvalación —dije.

—¿Le parece? Yo no oigo nada desde mi casa... Y, sin embargo, vivo en el tercer piso.

—La circunvalación tiene también sus ventajas. Yo he venido desde el Quai de la Tournelle en solo diez minutos.

Pero estas últimas palabras la dejaron indiferente. Conservaba su sonrisa, esa sonrisa fría.

—¿Es usted amigo de Darius?

Era la misma pregunta que me había formulado la mujer en el ascensor.

—No —dije—. Soy amigo de una amiga de Darius... Jacqueline...

Evité su mirada. Miré fijamente la calle, las farolas bajo los árboles.

—No la conozco.

—¿Se queda en París durante el verano? —le pregunté.

—La semana próxima iré con mi marido a Mallorca.

Recordé nuestro primer encuentro, aquella tarde de invierno, en la Place Saint-Michel, y la carta, en cuyo sobre había leído: Mallorca.

—Su marido escribe novelas policiacas, ¿verdad?

Soltó una carcajada. Era extraño, Jacqueline jamás había reído de aquel modo.

—¿Por qué cree usted que escribe novelas policiacas?

Quince años atrás había mencionado el nombre de un norteamericano que escribía novelas policiacas y que podía ayudarnos a ir a Mallorca: Mc Givern. Más tarde yo había descubierto algunas de sus obras, e incluso había pensado seguir su rastro por si acaso, para preguntarle si conocía a Jacqueline y podía darme noticias de ella.

—Lo he confundido con alguien que vive en España... William Mc Givern...

Me miró fijamente a los ojos, por primera vez, y en su sonrisa creí discernir cierta complicidad.

—¿Y usted? —me preguntó—. ¿Vive en París?

—Por el momento. No sé si me quedaré...

A nuestras espaldas, Caisley continuaba hablando con su voz nasal, y ahora se hallaba en medio de un grupo muy numeroso.

—Tengo un oficio que puedo ejercer en cualquier sitio —le dije—. Escribo libros.

Otra vez su sonrisa cortés, su voz distante:

—¿Ah, sí?... Es un oficio muy interesante... Me gustaría mucho leer sus libros...

—Temo que la aburrirían...

—De ningún modo... Me los traerá un día que venga a visitar a Darius...

—Será un placer.

Caisley había posado en mí su mirada. Se preguntaba sin duda quién era yo y por qué hablaba con su mujer. Vino hacia ella y le rodeó los hombros con su brazo, sin apartar de mí sus ojos azules y saltones.

—El señor es amigo de Darius y escribe libros.

Debería haberme presentado, pero siempre me produce cierta molestia decir mi nombre.

—No sabía que Darius tuviera amigos escritores.

Me sonreía. Nos llevaba unos diez años. ¿Dónde lo habría encontrado? En Londres quizá. Sí, sin duda ella se había quedado en Londres después de que nos hubiéramos perdido de vista.

—Él creía que tú también escribías —dijo.

Caisley estalló en una carcajada. Luego retomó su postura normal: la espalda derecha, la cabeza erguida.

—¿Realmente ha creído eso? ¿Le parece que tengo cara de escritor?

Yo no me había planteado aquella pregunta. La ocupación del tal Caisley me era por completo indiferente. Por más que me dijera a mí mismo que aquel hombre era su marido, no veía en él nada que lo distinguiera de toda esa gente reunida en aquella terraza. Solo ella y yo parecíamos extraños al lugar, nos hallábamos perdidos, entre figurantes, sobre un plató de cine. Ella fingía conocer su papel, pero yo ni siquiera conseguía pasar inadvertido. Pronto descubrirían que era un intruso. Permanecía mudo, y Caisley me escudriñaba. Debía decir algo cuanto antes:

—Lo confundí con un escritor norteamericano que vive en España... William Mc Givern...

Eso es. Había ganado algo de tiempo. Pero no era suficiente. Tenía que hallar imperiosamente otras réplicas y pronunciarlas con naturalidad y desenvoltura para no atraer la atención. La cabeza me daba vueltas. Temí perder el equilibrio. Transpiraba. La noche me parecía asfixiante, a menos que fueran la luz intensa de los focos, el bullicio de las conversaciones, las risas.

—¿Ha visitado usted España? —me preguntó Caisley.

Había encendido un cigarrillo y me examinaba todo el tiempo con su mirada fría. Articulé con dificultad:

—No. Jamás.

—Nosotros tenemos una casa en Mallorca en la que pasamos tres meses al año.

Y la conversación amenazaba con prolongarse durante horas en aquella terraza. Palabras vacías, frases huecas, como si ella y yo hubiéramos sobrevivido a nosotros mismos con la condición de no hacer la menor alusión al pasado. Ella se hallaba muy a gusto en aquel papel. Y yo no le guardaba rencor: también había ido olvidándolo todo lentamente, y cada vez que fragmentos enteros de mi vida caían convertidos en polvo, experimentaba una agradable sensación de levedad.

—¿Y cuál es la mejor época del año para ir a Mallorca? —le pregunté a Caisley.

Ahora me sentía mejor, el aire era más fresco, los invitados a nuestro alrededor menos ruidosos y la voz de la cantante se había suavizado.

Caisley alzó los hombros.

—Todas las estaciones tienen su encanto en Mallorca.

Me volví hacia ella:

—¿También usted lo cree así?

Ella repitió su sonrisa de un instante atrás, y yo creí advertir otra vez cierta complicidad.

—Pienso exactamente igual que mi marido.

Entonces me invadió una sensación parecida al vértigo y le dije:

—Es curioso. Ya no tose cuando fuma.

Caisley no había escuchado mis palabras. Alguien le había tocado la espalda y él se había vuelto. Ella frunció el ceño.

—Ya no necesita el éter para dejar de toser...

Yo había pronunciado aquella frase en el tono de la conversación más anodina. Me lanzó una mirada de asombro. Pero no había perdido su sangre fría. Caisley continuaba entretenido con su vecino.

—No he entendido lo que me decía...

Ahora, su mirada no expresaba nada y evitaba la mía. Sacudí con violencia la cabeza, como quien se despierta de un mal sueño.

—No tiene importancia... Pensaba en el libro que estoy escribiendo...

—¿Es una novela policiaca? —me preguntó en un tono de distraída cortesía.

—No exactamente.

Era inútil. La superficie permanecía lisa. Aguas estancadas. O, más bien, una espesa capa de hielo, imposible de atravesar después de quince años.

—¿Nos vamos? —dijo Caisley.

Le rodeaba los hombros con su brazo. Era corpulento y ella parecía pequeña a su lado.

—También yo me marcho —dije.

—Debemos despedirnos de Darius.

Lo buscamos en vano entre los grupos de invitados, en la terraza. Luego bajamos al salón. Al fondo, cuatro personas estaban sentadas alrededor de una mesa y jugaban a las cartas en silencio. Darius se hallaba entre ellos.

—Decididamente —dijo Caisley—, el póquer es más fuerte que todo...

Estrechó la mano de Darius. Este se puso de pie y besó su mano, la de Jacqueline. Yo a mi vez estreché la mano de Darius.

—Regrese cuando guste —me dijo—. La casa siempre tendrá las puertas abiertas para usted.

En el rellano, me disponía a entrar en el ascensor.

—Nos despedimos de usted aquí —dijo Caisley—. Vivimos en el piso de abajo.

—Esta tarde me he dejado el bolso en el coche —le dijo ella—. Enseguida vuelvo.

—Y bien, adiós —me dijo Caisley, e hizo un gesto despreocupado con su brazo—. Encantado de haberlo conocido.

Bajó las escaleras. Oí cerrarse una puerta. Estábamos los dos solos en el ascensor. Ella alzó su rostro hacia mí:

—Mi coche está un poco más lejos, cerca de la plaza...

—Lo sé —le dije.

Me miraba con los ojos muy abiertos.

—¿Por qué? ¿Me espía usted?

—Esta tarde, por azar, la vi salir de su coche.

El ascensor se había detenido, las dos hojas de la puerta se abrieron automáticamente, pero ella no se movía. Me miraba aún con los ojos ligeramente abiertos.

—No has cambiado tanto —me dijo.

La puerta volvió a cerrarse con un sonido metálico. Ella bajó la cabeza como si quisiera protegerse de la luz que caía del plafón del ascensor.

—Y yo, ¿te parece que he cambiado?

Ya no tenía la misma voz de un momento antes, en la terraza, sino aquella, un poco ronca, de entonces.

—No..., aparte del cabello y el nombre...

La avenida estaba silenciosa. Se oía el murmullo de los árboles.

—¿Conoces el barrio? —me preguntó.

—Sí.

Ya no hubiera podido asegurarlo. Ahora que ella iba a mi lado, tenía la impresión de caminar por aquella avenida por primera vez. Pero no era un sueño. Allí estaba el coche bajo los árboles. Se lo señalé con el brazo:

—Alquilé ese coche... Y apenas sé conducir...

—No me extraña...

Me había agarrado del brazo. Se detuvo y me sonrió:

—Seguro que confundes el freno con el acelerador, por lo que te conozco...

También yo tenía la impresión de conocerla bien, aun cuando no la hubiera visto en quince años y no hubiera tenido noticias de su vida. De todas las personas con las que me había cruzado hasta el momento, era ella quien había quedado más presente en mi espíritu. A medida que caminábamos, su brazo alrededor del mío, me convencía de que hacía solo unas pocas horas que nos habíamos separado.

Llegamos a la plaza.

—Creo que sería más prudente que yo te llevara hasta tu casa...

—No veo inconveniente, pero tu marido te espera...

Apenas la hube pronunciado, aquella frase me sonó falsa.

—No... Ya debe de estar dormido.

Estábamos sentados uno junto al otro en el coche.

—¿Dónde vives?

—No muy lejos. En un hotel cerca del Quai de Passy.

Tomó el Boulevard Suchet en dirección a la Porte Maillot. Visiblemente, aquel no era el camino.

—Si nos reencontramos cada quince años —me dijo—, corres el riesgo de no reconocerme.

¿Qué edad tendríamos la próxima vez? Cincuenta años. Me pareció tan extraño que no pude evitar murmurar: «Cincuenta», como si intentara encontrar una sombra de realidad en esa cifra.

Ella conducía, el torso algo rígido, la cabeza erguida, y disminuía la velocidad en las bifurcaciones. Todo estaba en silencio a nuestro alrededor. Salvo el susurro de los árboles.

Entramos en el Bois de Boulogne. Detuvo el coche bajo los árboles, cerca de las taquillas de donde parte el pequeño tren que va y viene entre la Porte Maillot y el Jardín Botánico. Estábamos en la penumbra, al borde del camino, y frente a nosotros las farolas iluminaban con una luz blanca aquella estación en miniatura, el andén desierto, los pequeños vagones inmóviles.

Ella acercó su rostro y me rozó la mejilla con la mano, como para asegurarse de que estaba allí, vivo, a su lado.

—Fue extraño, hace un rato —me dijo—, cuando entré y te vi en el salón...

Sentí sus labios en mi cuello. Le acaricié el cabello. No era tan largo como antes, pero nada había cambiado en realidad. El tiempo se había detenido. O, más bien, había retrocedido a la hora que marcaban las agujas del reloj del café Dante, la noche en que nos encontramos allí, poco antes del cierre.

Al mediodía del día siguiente fui en busca del coche que había dejado frente al edificio de Caisley. En el momento en que me sentaba al volante vi a Darius paseando por la acera de la avenida, bajo el sol. Llevaba un pantalón corto beige, un polo rojo y gafas negras. Le hice una seña con el brazo. No parecía en absoluto asombrado de verme allí.

—Qué calor... ¿No quiere subir a tomar algo?

Decliné la invitación con el pretexto de una cita.

—Todos rechazan mis invitaciones... Los Caisley se fueron esta mañana a Mallorca... Hacen bien... Es estúpido quedarse en París en agosto...

La noche anterior, ella me había dicho que no se marcharía hasta la semana siguiente. Otra vez se había escapado. Me lo esperaba.

Se acercó al coche:

—Venga de todos modos una de estas noches... En el mes de agosto es necesario hacerse compañía...

A pesar de su sonrisa, se adivinaba en él una vaga preocupación. El tono de su voz, tal vez.

—Vendré —le dije.

—¿Seguro?

—Seguro.

Arranqué, pero di marcha atrás con excesiva violencia. El vehículo chocó contra el tronco de un plátano. Darius abrió los brazos con un gesto afligido.

Tomé la dirección de la Porte d'Auteuil. Pensaba volver al hotel bordeando el Sena. La carrocería de la parte trasera debía de estar bastante dañada, y uno de los neumáticos rozaba con ella. Conducía con la mayor lentitud posible.

Comencé a experimentar una extraña sensación, sin duda a causa de las calles desiertas, el calor, la bruma y el silencio a mi alrededor. A medida que descendía por el Boulevard Murat, mi malestar adquiría contornos precisos: acababa de descubrir finalmente el barrio por el que paseaba a menudo, en sueños, con Jacqueline. Sin embargo, nunca habíamos caminado juntos por allí, a menos que hubiera sido en el transcurso de otra vida. Mi corazón latió con más fuerza, como un péndulo al acercarse a un campo magnético, antes de desembocar en la plaza de la Porte-de-Saint-Cloud. Reconocí las fuentes, en el centro de la plaza. Estaba seguro de que, por lo general, Jacqueline y yo tomábamos una calle a la derecha, detrás de la iglesia, pero aquella tarde no la encontré.

Otros quince años han pasado en la bruma, confundiéndose los unos con los otros, y no he vuelto a tener noticias de Thérèse Caisley. En el número de teléfono que me había dado nadie respondía, como si nunca hubieran regresado de Mallorca.

Quizás lleve muerta desde el año pasado. Quizá me cruce con ella un domingo cualquiera, cerca de la Rue Corvisart.

Son las once de la noche de un día de agosto. El tren ha disminuido la velocidad y atraviesa las primeras estaciones de las afueras. Andenes desiertos bajo la luz malva de los neones, allí donde soñábamos con partir hacia Mallorca y estrategias en torno al cinco neutro.

Brunoy. Montgeron. Athis-Mons. Jacqueline nació cerca de aquí.

El ruido acompasado de los vagones se silenció y el tren se detuvo un instante en Villeneuve-Saint-Georges, antes del apartadero. Las fachadas de la Rue de Paris, que bordea la vía férrea, parecen oscuras y abandonadas. Antes se sucedían cafés, cines y garajes de los que solo han quedado los rótulos. Uno de ellos está iluminado, como una lámpara en una habitación vacía, para nada.

Sobre el autor

Patrick Modiano nació en 1945 en Boulogne-Billancourt (Francia). Exquisito explorador de un pasado que ha revivido con gran viveza y sensibilidad, es considerado uno de los mejores escritores vivos. Su primera novela, *El lugar de la estrella* (1968), fue galardonada con el Premio Roger Nimier y el Premio Fénéon. Diez años más tarde obtuvo el Premio Goncourt por *La calle de las tiendas oscuras*. Entre sus obras destacan *Los bulevares periféricos* (Alfaguara, 1977), merecedora del Gran Premio de Novela de la Académie Française, *La ronda de noche* (Alfaguara, 1979) —que formaron junto a *El lugar de la estrella* la *Trilogía de la Ocupación*—, *Domingos de agosto* (Alfaguara, 1989), *Más allá del olvido, Dora Bruder* (1997) y *En el café de la juventud perdida* (2007). Ha recibido el Prix littéraire Prince-Pierre-de-Monaco (1984), el Grand prix de littérature Paul-Morand de la Académie Française (2000), el Prix mondial Cino Del Duca (2010), el Prix de la BNF y el Prix Marguerite-Duras (2011) por el conjunto de su obra. En 2014 se le otorgó el Premio Nobel de Literatura «por el arte de la memoria con el que ha evocado los destinos humanos más inefables y ha desvelado el mundo cotidiano de la Ocupación».

Más allá del olvido, de Patrick Modiano
se terminó de imprimir en febrero de 2015
en los talleres de Litográfica Ingramex, S.A. de C.V.
Centeno 162-1, Col. Granjas Esmeralda,
C.P. 09810, México, D.F.